Schlachtplatte vegan

Wolf Brechtel sammelte als Zivildienstleistender Erfahrungen im Klinikbereich. Er absolvierte Ausbildungen zum Heilpraktiker und zum Fahrlehrer. Seit 1995 ist er Geschäftsführer der baden-württembergischen Fahrschulüberwachung.

Dieses Buch ist ein Roman. Handlungen und Personen sind frei erfunden. Ähnlichkeiten mit lebenden oder toten Personen sind nicht gewollt und rein zufällig.

WOLF BRECHTEL

Schlachtplatte vegan

ALLGÄU KRIMI

emons:

Bibliografische Information der Deutschen Nationalbibliothek
Die Deutsche Nationalbibliothek verzeichnet diese Publikation in der Deutschen Nationalbibliografie; detaillierte bibliografische Daten sind im Internet über http://dnb.d-nb.de abrufbar.

FSC www.fsc.org
MIX
Papier aus verantwortungsvollen Quellen
FSC® C083411

Umschlagmotiv: photocase.com/Francesca Schellhaas
Umschlaggestaltung: Tobias Doetsch
Gestaltung Innenteil: César Satz & Grafik GmbH, Köln
Lektorat: Susanne Bartel
Druck und Bindung: CPI – Clausen & Bosse, Leck
Printed in Germany 2015
ISBN 978-3-95451-525-7
Allgäu Krimi
Originalausgabe

Für alle, die unfreiwillig in dieser Geschichte mitspielen

1

Ja, kreuzkruzifixaberauch. Jetzt bin ich schon wieder zu spät dran. Um halb neun Uhr soll ich unsere Praxis aufsperren. Also, nix wie los.

Kaum dass ich halb zur Garage raus bin, seh ich unsere Nachbarin, die Diätlind. Der Tag fängt ja gut an. Die Diätlind ist überzeugte Vegetarierin und lebt mit ihrer Familie als Stadtflüchtling fleischlos auf dem Land. Nicht irgendwo auf dem Land, nein, das tät ja vielleicht noch angehen, sondern hier lebt sie auf dem Land, direkt neben uns! Und ich muss es ertragen. Wie jeden Tag bietet sie auch heut ein Bild des Jammers. Auf allen vieren wühlt sich die Diätlind durch den Dreck, Nase voraus wie eine Trüffelsau, und gräbt nach was Essbarem zum Frühstück. Ich fahr neben sie hin, lass das Fenster runter und frage: »Na, schon was Brauchbares gefunden?«

Die Diätlind ist reine Selbstversorgerin. Zumindest versucht sie es zu sein. Jetzt dreht sie ihren Kopf her und schaut mich aus ihren Schweinsäuglein an. Vermute ich zumindest. Weil sie so arg schielt, weiß man nie, wen genau sie gerade anschaut, aber weil außer mir niemand da ist, wird's wohl kein anderer sein. Langsam und beschwerlich richtet sie ihren monströsen Leib auf und schüttelt den Kopf. Nicht mal eine Runkelrübe heut. Aber irgendwas hat sie doch im Maul.

»Was hast du da im Maul?«, frag ich sie.

Mit ihrer erdverschmierten Pranke fasst sie sich in den Mund, nimmt irgendwas heraus und hält es mir vor die Nase, so schnell krieg ich gar nicht die Scheibe hoch.

»Gibt's jetzt schon ersatzweise Kieselsteine?«, frage ich erstaunt, als ich seh, was es ist. Aber ganz ehrlich: Selbst das tät mich kaum wundern.

»Ein Heilstein ist das«, erklärt mir die Diätlind, »und zwar ein Apatit!«

Des versteh ich jetzt nicht. Ich versteh sowieso überhaupt gar nix an dieser Frau. Wenn man schon ab Werk alle erdenklichen Wehwehchen und Zipperlein mitbekommen hat, wozu um alles in der Welt will man dann auch noch apathisch werden?

»Wenn man den langsam im Mund zergehen lässt, hat das eine heilsame Wirkung auf den Verdauungstrakt«, bekomme ich erklärt. Und dass man davon abnimmt. Ganz bestimmt.

Aha. Also Abnehmversuch Nummer vierhundertsiebenundachtzig. Mindestens. Daher auch: Diätlind. »Sehen davon tut man aber noch nix«, sag ich zum Autofenster raus, wie sie das Ding wieder in den Mund steckt und an ihm weiterlutscht.

»Hab'n auch erst seit gestern«, zuckt sie mit den Schultern.

»Wie heißt des Dings noch mal?«, will ich wissen.

»Apatit. Wieso? Magst auch einen haben?«

Gott verhüte! »Und du glaubst ernsthaft, dass man abnimmt von etwas, wo sich Appetit nennt? Na, dann Steinzeit!«, rufe ich, lasse das Fenster hochfahren und brause mit dem neuen BMW davon.

Den Wagen hab ich erst seit ein paar Tagen. Ich hab ihn mir aussuchen dürfen, und unser guter Doktor hat ihn bezahlt. Es ist ein M 5, ein sogenanntes SUV, sauteuer, umweltschädlich und voll geil. Mit Allrad und allem, was die Zubehörliste hergegeben hat. Das Teil fährt sich einfach himmlisch. Und hinter dem Steuer, da sitz ich, die Liesel Sumpfmoser, knapp unter Mitte vierzig, eher klein, schlank, dunkelhaarig, weil mit italienischen Wurzeln mütterlicherseits, und dazu noch mit einer beachtlichen Oberweite väterlicherseits.

Unser guter Doktor fährt schon lang nicht mehr selbst Auto, was auch besser ist. Und das mit der Praxis kriegt er altersbedingt auch nicht mehr so ganz auf die Reihe. Damit jedoch unsere Heimatgemeinde Bad Heiterbach nicht gänzlich ohne ärztliche Versorgung dasteht, schmeißen wir zwei den Laden. Wir zwei, das bin ich, die Liesel, immer noch knapp unter

Mitte vierzig und seit fast dreißig Jahren Arzthelferin, und meine Kollegin, die Schwester Minna, knapp über Ende sechzig und ehemalige langjährige Krankenschwester. Gemeinsam halten wir die Praxis von unserem Dr. Steinkauz am Laufen.

Auf dem Weg zur Praxis schau ich jeden Morgen im Laden von der Witwe Knoblauch rein. Mit der Gertrud ist es dasselbe wie mit dem Doktor. Wenn die mal nicht mehr ist, gibt's keinen Laden mehr weit und breit.

Wie ich grad vor dem kleinen Dorfladen anhalten will, überholt mich von hinten lautstark ein Sanka. Ich bin bestimmt nicht neugierig, aber da muss ich dann doch hinterher. Reines Berufsinteresse. Und wenn hier schon mal was passiert.

Der Sanka stoppt vor dem Haus der Bollingers, und zwei Sanitäter rennen rein. Ich hinterher. Der alte Bollinger Paul liegt in der Wohnstube auf einem ausgefransten alten Teppich, neben ihm knien schon die Sanitäter. Seine Frau, die Klara, hockt auf einem morschen Stuhl und hat die Hände vors Gesicht geschlagen. Die Sanitäter hantieren mit irgendwas rum, was ich nicht seh, weil sie mir den Rücken zugedreht haben, dann plötzlich springt ein Sanitäter hoch und will aus dem Zimmer stürmen, wobei er mich fast über den Haufen rennt.

»Gehören Sie hier dazu?«, fragt er unwirsch.

»So direkt eigentlich nicht«, muss ich zugeben.

»Dann raus hier«, mault er mich an und schiebt mich aus dem Haus. »Immer diese Gaffer.« Dann verschwindet er im Sanka.

»So eine Frechheit«, sage ich zur Nachbarin der Bollingers, die im Morgenmantel aus ihrem Haus herausgeschlappt ist und auch mal gucken will, was da abgeht. Es ist die Luise Hüttler, und ihr Mann, der Adi, kommt auch grad raus ins Freie, mit Bierflasche und in Unterhosen. Dann treten noch zwei weitere Dorfbewohner aus der Gertrud ihrem Laden raus, stellen sich mit dazu, und wir ratschen eine Runde. Dass der arme Paul schon seit Monaten so schlimm verwirrt ist. Dass er immer öfter von zu Hause abhaut und sich im Dorf verläuft. Und wie schlimm das für die Klara ist. Die Luise weiß sogar zu berichten, dass der Paul kürzlich der Ordensschwester Hildegard von der Katholischen Sozialstation an die Wäsche wollte und ihr Sauereien gesagt hat.

»Und dann?«, will ich wissen.

»Dann hat sie sich nicht drauf einlassen wollen«, informiert mich die Hüttlerin.

Wir ratschen weiter, und immer mehr Leute stellen sich dazu.

»Was hat der eigentlich ganz genau, der Paul?«, fragt plötzlich jemand. Alzheimer und Demenz machen die Runde, also zücke ich mein Smartphone und rufe seine Krankenakte auf. Seit dem letzten Update unseres Praxisprogramms »Country Doc 3.0 easy« bin ich ständig mit der Praxis verbunden und habe auf alles Zugriff. »Hochgradige Karotisstenose beidseits«, les ich vor und zeige den Umstehenden den Entlassungsbefund vom Klinikum auf dem Handy.

»Und was ist das genau?«, will jemand anderes wissen.

Keine Ahnung. Schnell google ich den Begriff und erkläre meinem staunenden Publikum, dass es sich bei der hochgradigen Karotisstenose um eine massive Verengung der Halsschlagadern handelt, links und rechts. Dadurch gelangt viel zu wenig Blut in die Rübe, und das Hirn setzt aus.

Alle nicken verständnisvoll. Bei der Diagnose ist es auch kein Wunder, dass der Paul manchmal halb nackt durchs Dorf läuft und unflätiges Zeug an die Leut hinschwätzt, sodass die arme Klara ihn suchen und sich für ihn entschuldigen muss. Und das, wo sie doch selbst so unglaublich schlecht zu Fuß ist mit ihren neunundsiebzig Jahren. Die Anwesenden sind sich einig, dass das auf gar keinen Fall so weitergehen kann und dass es eine Schande ist, dass sich keines von den drei Kindern für die Eltern zuständig fühlt. Und überhaupt ist es eine Sauerei, dass man seine alte Mutter ganz alleinelässt mit ihrem …

Wie wir so im Gespräch vertieft vor dem Haus herumstehen, kommt plötzlich einer von den Sanitätern wieder raus und streift sich seine Gummihandschuhe ab.

»Tot?«, fragt die Luise Hüttler teilnahmsvoll.

Der Sanitäter nickt.

»Der Paul war unser Patient«, erkläre ich ihm.

Was das jetzt heißen soll, will er wissen.

Selbstverständlich, dass der Paul ein Patient von der Praxis Dr. Steinkauz war, so wie es alle Eingeborenen hier im Ort sind, erkläre ich ihm. Und dass ich die dazugehörige Helferin, die leitende Erstkraft sozusagen, bin und damit über alles voll im Bilde.

»Das trifft sich gut«, sagt der Sanitäter, »dann verständigen Sie gleich mal Ihren Chef. Der muss den Tod feststellen.«

»Dann ist der Paul noch gar nicht richtig tot?«, will jemand wissen.

Der Sanitäter guckt in die Luft und verschwindet in seinem Auto.

»Toter geht's nicht«, sagt der zweite Sanitäter, der grad zum Haus rauskommt und die Frage noch mitbekommen hat. Er steigt ebenfalls in seinen Sanka, knallt die Autotür hinter sich zu, dann fahren die beiden Männer vom Hof.

Endlich kann ich rein. Die Klara hockt immer noch auf ihrem Stuhl und weint leise vor sich hin. Der Paul liegt immer noch auf diesem alten Teppich und ist tot. »Was ist denn passiert?«, will ich wissen und setz mich neben die Klara auf das zerschlissene Sofa.

Die Klara schüttelt den Kopf. »Heut Nacht ist er aufgestanden«, jammert sie. »Das war nix Besonderes, er steht ja praktisch jede Nacht auf und geistert durchs Haus. Ich hab lang schon aufgegeben, ihm da jedes Mal hinterherzugehen.«

Ich rutsche hin und her. Irgendwas zwickt mich in den Arsch. Das Sofa ist voller Papierkram. Wahrscheinlich, damit sich die rostigen Sprungfedern nicht gleich in den Hintern bohren. Prospekte vom Sanitätshaus, Faltblätter von der Katholischen Sozialstation, von Essen auf Rädern, dazu drei

Jahrgänge »Apotheken Umschau«. Kurz entschlossen schnapp ich mir das ganze Zeug mitsamt der Klara und marschier rüber in die Küche, von wo aus man den Toten nicht sehen kann. Eine typische uralte Bauernküche mit dem üblichen gusseisernen Herd, in dem das ganze Jahr über ein Holzfeuer brennt. Zum Kochen wie zum Heizen. Ich füttere ihn mit den Prospekten und dem ganzen restlichen Papierzeug.

»Magst ein Bier?«, fragt die Klara.

Da sag ich nicht Nein.

Sie öffnet zwei Flaschen und stellt sie vor uns auf den Tisch. Wir prosten uns zu, und ich schau mich in der Küche um. Appetitlich ist das hier nicht gerade. Geht mehr so Richtung Saustall. Auf dem Tisch türmt sich eine Müllkippe aus Essensresten und dem gesamten dreckigen Geschirr von gestern Abend. Daneben Bierpfützen mit abgebissenen Fußnägeln drin. Drüber baumelt ein Fliegenband in unseren Landesfarben, weiß-blau, mit geschätzten tausend toten Fliegen dran.

»Und dann?«, frag ich die Klara weiter, wie wir auf zwei vergilbten Hockern in der verrußten Küche sitzen.

»Nix und dann«, sagt die Klara. Nur, dass gestern Abend die Hilde endlich mal wieder da war, ihre älteste Tochter, mit Mann. Und dass sie zur Feier des Tages was Besonderes gekocht hat, Rollbraten mit Knödeln und Rotkohl, und natürlich hat man was getrunken. Vielleicht ein bisserl viel. »Mit vollem Bauch und ein paar Gläsern Wein penn ich wie ein Ratz«, jammert die Klara und nimmt einen großen Schluck aus ihrer Bierpulle. Da hat sie natürlich nicht mehr mitkriegen können, dass der Paul wieder mal die Treppe runter und ins Wohnzimmer getappt ist. Und offenbar dort zusammengebrochen oder gestolpert ist. Jedenfalls ist er mit dem Kopf voll gegen die Tischkante geschlagen. Auch das war nicht das erste Mal, dass er wo dagegengeknallt ist. Überall Schrammen hat er schon gehabt. Bisher war's nix Ernstes, aber jetzt ist er davon tot. Verdammt.

Der Qualm aus dem undichten Herd beißt in meiner Nase, und ich such nach einem Taschentuch. Mist. Meine Handtasche liegt noch in der Stube nebenan. Eigentlich wollt ich da ja nicht mehr rein, aber meine Tasche brauch ich natürlich. Beim Durchgehen kann ich mir einen letzten Blick auf den Verstorbenen nicht verkneifen. Etwas gelb erscheint er mir, der Paul. Vielleicht ist es aber auch nur wegen der düsteren Beleuchtung. Was gar keine richtige Beleuchtung ist, diese Fünf-Watt-Birne in der Bude da. Aber eigentlich ganz gut so, denn genauer anschauen will ich den Paul besser nicht.

Die Klara hockt immer noch auf ihrem wackligen Küchenschemel und hält sich mit einer Hand an ihrer Bierflasche fest. Leise schluchzt sie vor sich hin und wischt sich mit ihrer dreckigen Küchenschürze über das Gesicht. »Im Grund ist es ja so das Beste«, sagt sie dann. »Ich hätt des nimmermehr lang ausgehalten. Weißt du, was das Allerschlimmste war?«

»Nein, woher?«

»Das Schlimmste war, dass er die ganze Zeit über gesungen hat! Laut und falsch, den ganzen Tag lang und die halbe Nacht.«

»Und was?«

»Soldatenlieder! Irgendwas vom Militär. Sein Lebtag hat er so was nicht gemacht, aber seit ein paar Monaten ständig! Ich war nur noch mit diesen Ohrstöpseln unterwegs«, jammert die Klara und zieht ein paar dreckige Ohropax aus ihrer Schürzentasche. »Sogar nachts! Damit ich sein Geschnarche nicht hör. Und sein Gegröle, wenn er plötzlich aufsteht, mitten in der Nacht, und in den Krieg marschiert.«

Also eine Art Heldentod im Feld. Könnte man sagen. Oder auf dem Paul seinen Grabstein schreiben. Aber das sag ich lieber nicht. »Ich komm später noch mal mit dem Doktor«, sag ich stattdessen, verabschiede mich und geh.

2

Mit ziemlicher Verspätung erreich ich den Laden von der Gertrud Knoblauch. Weil sie weiß, dass ich es morgens immer eilig hab, bereitet sie mir meistens alles vor: Brötchen, Käse, Wurst, dazu Butter und Milch und viel Kaffee. Eben alles, was man so braucht, um einen Praxistag zu überleben. Wenn's irgendwie geht, halte ich mich nicht allzu lang bei ihr auf und bin gleich wieder mit meinen zwei vollen Tüten raus. Bezahlt wird später.

Aber heute geht es im Zeitplan irgendwie nicht richtig vorwärts, es klemmt sogar ganz gewaltig, das merk ich sofort, wie ich bloß die Tür aufmach. Vor mir in dem kleinen alten Dorfladen steht ein weit nach vorn gebeugter Tourist in Wandererverkleidung. Er hat seine Nase platt gegen die Käsetheke gepresst und streckt mir seinen Arsch entgegen. Und nicht nur das. Seine nordischen Walkingkrücken hat er unter dem linken Arm so eingeklemmt, dass die Spitzen von den Dingern voll in Richtung meiner Nase zeigen. Ja, verreck! Vorsichtshalber bleibe ich erst mal in der offenen Tür stehen und warte ab. Ich wäre weiß Gott nicht die Erste, der sich so ein Gebirgszahnstocher ins Nasenloch oder in ein Auge bohrt. Aus sicherer Entfernung höre ich von hinten, wie er vorne etwas sagt.

»Ist das auch ganz sicher kein Analogkäse?«, will der Touri von der Witwe Knoblauch wissen.

»Himmel, na, wo denken S' hin!«, schnaubt sie entrüstet zurück. Die Gertrud ist ausgesprochen übergewichtig und schnauft so, wie sie aussieht – wie ein alter Ackergaul. Noch letztes Jahr hat sie beim Landeswettbewerb »Dick im Geschäft« den zweiten Platz gemacht. Jetzt aber, nach einer vermurksten Hüftoperation, humpelt sie mit dem linken Fuß, dass es Gott erbarmt. Der Fuß geht in Bayern bis zum Hintern rauf, und es versteht sich doch eigentlich von selbst, dass man eine alte Frau unter solchen Umständen nicht mit blöden Fragen belämmern kann. Und da die Gertrud schon rein aus Prinzip keinen Analogkäse verkauft, weiß sie natürlich auch nicht, was das überhaupt sein soll. Ich selbst hab momentan zwar auch keinen Plan, was das sein könnt, aber völlige Ahnungslosigkeit hat mich noch nie von irgendwas abgehalten. Schon gar nicht davon, unschuldige Einheimische gegen fremdländische Eindringlinge zu verteidigen.

»Der Käse ist absolut einwandfrei«, springe ich der Witwe zu Hilfe und schiebe mich mit der nötigen Vorsicht an den Felsharpunen und dem ausgestreckten Hinterteil des Wanderers vorbei. Der Touri guckt mich fragend an. Ich überlege, was es sein kann. Ein Schwabe wahrscheinlich, von denen es hier nur so wimmelt. Oder ein Ossi vielleicht? Da der Gipfelstürmer nichts weiter sagt, stelle ich die nähere Einsortierung vorläufig zurück und setze ihn weiter ins Bild. »Und ganz speziell dieser Käse da«, sage ich und deute auf eine dunkelrote Rollwurst hinter dem Thekenglas, »dieser Spitzenkäs wird täglich frisch produziert. Den druckt die Gertrud nämlich selbst, jeden Morgen, in ihrem Hinterteil«, erkläre ich und deute auf die Tür, die zum rückwärtigen Teil des Ladens führt. »Da hinten halt, im hinteren Teil von ihrem Kabuff. Das ist sozusagen Hausmacherkäs«, sage ich, während der Tourist mich total entgeistert anglotzt.

»Mit ihrem neuen 3D-Drucker«, erkläre ich weiter, »des kennen Sie doch bestimmt aus dem Fernsehen. Des sind diese neuen Drucker halt, mit denen man sich komplett alles selbst drucken kann, was man im Haushalt braucht.«

Der Tourist hat das Maul auf wie ein Karpfen an der Luft.

»Und deshalb ist das hier auch kein Analogkäse nicht, sondern ein …« Erwartungsfroh und aufmunternd schaue ich den Touri an, genauso wie der Günther Jauch seine Kandidaten bei der Millionenfrage anguckt. »Na! Wird's jetzt bald?«, frage ich nach zwanzig Sekunden Stille noch mal nach. Das wirkt.

»Digitalkäse?«, entfährt es dem Klettermaxe in bestem Schwäbisch.

»Hundert Punkte!«, klatsche ich begeistert. »Und jetzt, wo Sie es schon selbst gesagt haben, versteht man sich doch gleich viel besser, gell?«

Und zur Gertrud gewandt sage ich leise: »Pack ihm den Käs ein, rasch, bevor er sich's noch anders überlegt.« Damit schnapp ich mir meine beiden Tüten und seh zu, dass ich Land gewinn.

Also, wo war ich stehen geblieben? Ah ja, bei unserem Dr. Steinkauz. Der Gute. Inzwischen ist er schon längst Mitte siebzig und gehört eigentlich in Rente. Allerdings hat er seinen rechtzeitigen Absprung aus der Praxis bereits mehrfach gründlich verpasst. So oft jedenfalls, bis es irgendwann zu spät war. Und zwar nicht nur für ihn, sondern auch für mich, die Schwester Minna und das ganze Dorf. Zum ersten Mal ist es passiert, als der Doktor fünfundsechzig war und eigentlich in seinen wohlverdienten Ruhestand hätte treten sollen. Da hatte er noch nicht so die rechte Lust. »Ich mach halt noch ein Jährchen«, hat er gesagt und weitergewurstelt. Ein Jahr später wiederholte sich dasselbe Spiel. Wieder wollte er nicht und sagte: »Dann mach ich halt noch ein Jährchen.« Was hätt er auch sonst machen sollen? Er hätt sich ja ohne uns und ohne seine Praxis zu Tode gelangweilt. Also arbeitete er weiter und weiter, bis sich hinter unserem Rücken die wirtschaftliche Gesamtsituation für Hausarztpraxen auf dem Land derartig verdüstert hatte, dass die Praxis plötzlich unverkäuflich war. Nicht einmal geschenkt hätte sie so ein jungdynamischer Nachfolger übernehmen wollen, so stellte es sich heraus.

Doch ohne den Dr. Steinkauz oder eben einen jugendlichen Nachfolger drohte die Verbandsgemeinde Bad Heiterbach von einem Tag auf den anderen gänzlich ohne ärztliche Versorgung dazustehen. Und deshalb haben wir, also die Minna und ich, beschlossen, dass der gute Doktor in Gottes Namen so lange weitermachen muss, wie es irgendwie nur geht. Auch wenn die Hauptlast an uns hängen geblieben ist. Aber das war uns bei der Entscheidung bereits klar – und eigentlich auch vorher meistens schon der Fall. Seit mittlerweile sechs Jahren schmeißen wir zwei den Laden praktisch alleine. Der Doktor befindet sich sozusagen in nachgelagerter oder, besser gesagt, in völlig verspäteter Altersteilzeit, die er dort verbringt, wo er schon sein ganzes bisheriges Arbeitsleben verbracht hat, nämlich in seinem Sprechzimmer. Dort liest er seine Zeitung, isst was oder spielt am Computer. Und solange wir ihn nicht wirklich dringend zu irgendwas ernsthaft Medizinischem brauchen, lassen wir ihn in Ruhe.

Unsere Praxis befindet sich übrigens im schönen heilklimatischen Luftkurort Bad Heiterbach im noch viel schöneren Allgäu. Bad Heiterbach ist das Zentrum einer Verbandsgemeinde, bestehend aus den ehemals eigenständigen Weilern Soichgrub und Hinterfötz im Fötztal sowie den Einsiedeleien Heufricken und Vogeltann. Das war freilich nicht immer so. Die seinerzeitige Zwangsvereinigung unter dem Oberbefehl der bayrischen Landesregierung ging nicht ohne die ortsüblichen kriegerischen Auseinandersetzungen vonstatten. Nachweislich seit dem ersten bajuwarischen Bauernkrieg herrscht unter den Bewohnern der verschiedenen Dörfer eine innige Abneigung bis hin zur offenen Feindschaft, die auch durch gelegentliche grenzüberschreitende Eheschließungen nicht gelindert, sondern eher noch weiter angeheizt wurde.

Anlässlich der Gemeindezwangsreformation vor etlichen Jahren brachen die alten Streitereien wieder auf. Das veranlasste zum Beispiel die Heiterbacher dazu, auf allen Ortsschildern rund um Heufricken das »r« mit gelber Farbe zu überpinseln. Und die Einwohner von Soichgrub verpassten sämtlichen Ortstafeln von Vogeltann überdimensionale ö-Punkte, und zwar mit jeweils zwei sauberen Schüssen aus dem Jagdgewehr. Wofür die Vogeltanner schließlich in einem biblischen Rachefeldzug sämtliche Ortstafeln von Heiterbach zu »Heulklimatischer Lustkurort Eiterbach« verunzierten.

3

Vor der Praxistür warten heut Morgen schon der Kipfler Michl mit seinem Kehlkopftumor und der Döpfners Johann mit seinem diabetischen Raucherbein. Seit ihm letzte Woche auch das zweite Raucherbein abgenommen wurde, sitzt er im Rollstuhl. Zusammen mit der Alice Heimerl und ihrem schweren, kortisonpflichtigen Asthma bilden die beiden Männer den üblichen morgendlichen Halbkreis um den Aschenbecher und qualmen um die Wette.

»Alles panettoni?«, rufe ich. Und: »Schmeckt's?« Ich winke freundlich in die Runde, öffne die Tür, gehe durch das Wartezimmer weiter zur Anmeldung und starte den Computer. Der ist zwar nicht mehr ganz neu, fährt aber trotzdem noch deutlich schneller hoch als unser guter Doktor, der sich momentan noch ein Stockwerk über uns befindet. Die Praxis liegt im Erdgeschoss vom Doktor seinem Wohnhaus, was ein abgrundtiefer Blödsinn ist und den Doktor mehrere Jahre seines Lebens gekostet hat, worüber er nicht müde wird zu lamentieren. Und natürlich hat er damit recht. Wenn man als Arzt in seiner Praxis wohnt, ist man Tag und Nacht, am Wochenende und an sämtlichen Feiertagen für sämtliche Patienten mit ihren großen, kleinen und eingebildeten Wehwehchen erreichbar. Kein Arzt, der einigermaßen bei Sinnen ist, und Exemplare dieser Art soll's ja vereinzelt auch noch geben, will heutzutage in dem Haus drinnen wohnen, in dem seine Praxis ist. Das kommt einer freiwilligen Freizeitberaubung gleich. Früher jedoch hat man das oft so eingerichtet, weil man es für praktisch hielt, daher führt auch heute noch eine praktische Treppe vom Flur am Ende der Praxis in die Wohnung darüber. Am Fuß dieser Treppe stehe ich nun und schreie zum Doktor hoch: »Frühstück ist fertig!«

Und der schreit zurück: »Bin gleich da!«

In unserer Praxis herrscht perfekte Arbeitsteilung. Während die Minna dem Doktor sein Frühstück zubereitet, das heißt, ihm seine Brötchen schmiert und nebenbei für alle Kaffee kocht, gehe ich schon mal ins Wartezimmer und nehme eine Grobeinteilung des bisher versammelten Krankenguts vor.

»Wer braucht ein Rezept?«, frage ich, und drei Hände gehen nach oben. »Wer braucht eine Krankschreibung?«, frage ich weiter, vier Hände gehen hoch. »Und wer ist ernstlich krank?«, frage ich zum Schluss. Keine Hand. Auch recht. Natürlich kann sich dieser Zustand minütlich ändern. In einer Praxis muss man auf alles vorbereitet sein, und gute Vorbereitung ist alles. Dazu gehört zum Beispiel auch eine ganze Schublade voll mit vom Doktor bereits unterschriebenen Rezepten und eine weitere Schublade mit ebenfalls unterschriebenen Krankmeldungen, Attesten und sonstigen Bescheinigungen. So kann ich die gewünschten Krankmeldungen und Rezepte ausstellen, ohne den Doktor damit behelligen zu müssen. Und nach so vielen Jahren in der Praxis weiß ich sowieso schon auswendig, was für Krankheiten die Patienten haben und welche Medikamente sie brauchen. Oder wollen. Besonders die Zahl an Patienten, die Globuli wollen, nimmt dramatisch zu. Natürlich ist mir klar, dass dieses ganze homöopathische Zeugs, Globuli und Tropfen und Tinkturen, völlig wirkungslos ist, aber wenigstens schadet es auch nix. Also bekommen die Patienten, was sie wollen.

Als diese Hysterie mit den Kortisonsverweigerern und Penicillinhassern losging, vor vielen Jahren, da hab ich mich mit denen noch angelegt. Meistens waren das so zehnmalgscheite zugezogene Stadtflüchtlinge, die in den Neubausiedlungen hausten. Und davon natürlich in erster Linie die jungen Mütter mit ihren Bälgern. Mei, was haben die mich genervt. Alles musste pflanzlich und natürlich sein.

»Ja, was heißt denn hier natürlich?«, hab ich sie angepflaumt. »Wenn S' alles natürlich wollen, dann gehen S' doch in den Wald, gute Frau, und suchen S' Schwammerl! Am besten einen Fliegenpilz und einen Knollenblätter! Ein Eisenhut im Maiglöckchensalat soll übrigens auch natürlich sein und sehr gesund!«

»Reg dich doch nicht so auf, Liesel«, hat der Doktor versucht, mich zu beruhigen. »Jeder kriegt das, was er braucht. Des Menschen Pille ist sein Himmelreich.«

Weil immer noch keiner von uns nicht die geringste Ahnung hat, wie sich diese haufenweise Globuli voneinander unterscheiden, sind wir dazu übergegangen, grundsätzlich »Arnika D 6« zu verordnen. Des passt immer.

Während der Doktor wie immer um diese Zeit sein Frühstück zerkaut und dabei die Zeitung liest, sitze ich an der Rezeption und beobachte, wie sich die Minna schräg gegenüber im Behandlungszimmer zwei mit einer neuen Patientin rumschlägt, die ich grad eben computertechnisch aufgenommen hab. Sie verlangt ein Attest. Genau genommen sind es zwei Patienten, eine Mutter mit Sohn. Die Minna ist eine resolute und drahtige kleine Person, der nichts schnell genug gehen kann und die trotz ihres fortgeschrittenen Alters ununterbrochen eine unbayrische Hektik verbreitet. Nörgelnde oder wehleidige Patienten hat sie gefressen. Drückeberger oder arbeitsscheue Minderleister bringen sie gänzlich auf die Palme. Mit so einer Haltung tut man sich in einer Arztpraxis wie unsrer natürlich nicht grad leicht. Schwerer jedenfalls als in der Ambulanz eines Krankenhauses, wo die Minna fast vierzig Jahre lang das Regiment geführt hat. Zuletzt als kommandierende Oberschwester. Trotzdem ist die Minna für unsere Praxis Gold wert. Ich selbst habe zwar auch schon dreißig Praxisjahre auf dem Buckel, die Lehrzeit mit eingerechnet, aber mit der klinischen Erfahrung von der Minna kann ich nicht mithalten. Nicht ganz jedenfalls.

Das Duo, das sich im wahrsten Sinne des Wortes in der Behandlung zwei breitgemacht hat, ist genau nach der

Minna ihrem Geschmack. Die Mutter wiegt fünfundneunzig Komma acht Kilo. Das weiß ich, weil sie sich heimlich auf die gebrauchte Sauwaage von der BayWa draufgestellt hat, wie sie gemeint hat, es schaut keiner hin. Es hat auch keiner hingeschaut, aber ich krieg das Ergebnis simultan auf meinem Bildschirm angezeigt, von wo aus es gleichzeitig in der Patientenakte abgespeichert wird. Weil der eigentliche Patient das Kind ist, steht das Gewicht zwar jetzt in dessen Akte drin, aber das macht nix. Viel fehlt dem dazu eh nicht mehr.

Die Mutter hat eine Fast-Food-Tüte in der Hand und steht schmatzend neben der Waage. Sie trägt ein Schlabber-T-Shirt und dazu kurze grüne Radlerhosen, aus denen massive Oberstampfer hervorquellen. Der Sohnemann, dreizehn Jahre alt, ist der Mutter wie aus dem Pfannkuchengesicht gedrückt. Teilnahmslos hockt er auf dem Untersuchungsstuhl und spielt Nintendo.

»Wo fehlt's uns denn, Kleiner?«, fragt die Minna. Noch ist sie ganz ruhig.

Doch der Sohn beachtet sie gar nicht. Stattdessen antwortet die Mutter, während sie weiter auf irgendwas rumkaut: »Mein Marc-Aurel braucht ein Attest.«

Die Minna mustert die Mutter von oben bis unten. »Burka ist grad groß in Mode«, murmelt sie leise, aber vernehmlich.

Die Mutter tut so, als hätt sie nichts gehört, schluckt runter und klappt wieder den Kiefer auf: »Morgen hat er Schwimmen in der Schule, und da will er nicht hin.«

»Ja, aber warum denn nicht?«, erkundigt sich die Minna teilnahmsvoll. »Schwimmen ist doch so gesund!«

»Will nicht«, entgegnet das Balg und spielt weiter Nintendo.

»Schauen Sie, liebe Frau«, sagt jetzt wiederum die Mutter, »der Marc-Aurel hat es nicht so mit dem Körperlichen.«

Die Minna schaut verdutzt. »Nicht? Dafür ist er aber recht gut beieinander«, gibt sie schließlich zurück.

Die Mutter schmatzt, leckt ihre Fettfinger ab und lässt sich nicht aus dem Konzept bringen. »Seine wirklichen Schwierigkeiten liegen auch ganz woanders«, presst sie zwischen den Kauleisten hervor. »Mein kleiner Prinz hat es nämlich ganz gewaltig mit dem Kopf, müssen Sie wissen.«

Die Minna setzt ein fragendes Gesicht auf und untersucht den Kugelkopf mit einer Lupe. »Also, ich kann da nix Besonderes finden«, murmelt sie vor sich hin. »Läuse hat er jedenfalls keine.«

»Natürlich hat er keine Läuse«, empört sich die Mutter mit erhobener Stimme. »Und mit Ihrer blöden Lupe werden Sie auch nix finden! Es macht sich da drinnen breit. In seinem Hirn, da spielt sich das alles ab!« Die Mutter hat sich nun aufs Kreischen verlegt und tippt mit ihren Wurstfingern energisch gegen den Kinderkopf.

Die Minna zuckt zusammen und senkt die Lupe. Aus den Augenwinkeln schaut sie regungslos zu mir hinüber, und zusammen erwarten wir die Diagnose. Klarer Fall von Hirntumor. Was sonst? Der aufgedunsene Leib des Burschen kommt vom Kortison, die Pickel stammen von der Chemo. Wie hab ich das übersehen können! Höchstens sechs Monate werden ihm verbleiben. Das arme Kind. Natürlich kriegt er von uns jedes Attest, das er in dieser Zeit noch braucht. Gemeinsam starren wir auf die Mutter. Diese starrt zurück.

»Mein Marc-Aurel ist nämlich hochbegabt«, platzt es schließlich aus ihr heraus.

Der Verkündigung folgt Stille. Ich warte darauf, dass die Minna explodiert, aber vergeblich. Stattdessen hat sie Kreide gefressen.

»Aber das ist doch nicht schlimm«, redet sie sanft und beruhigend auf den Knaben ein. Und zur Mutter gewandt fährt sie säuselnd fort: »Warum haben Sie uns das denn nicht gleich gesagt? Dafür braucht man sich doch nicht schämen, wegen ein bisschen hochbegabt!« Und weiter sülzt die Minna vor Verständnis triefend: »Wissen S', Frau, jedes zweite Balg, des heutzutage hier hereinkommt, ist hochbegabt. Aber das macht doch nix! Uns jedenfalls nicht. Wir haben da überhaupt gar keine Vorurteile nicht. Jeder Legastheniker, jeder Sonderschüler, jeder unmusikalische Rechendepp und jeder Sportversager ist heutzutage hochbegabt.« Sie beugt sich freundlich lächelnd zu dem Burschen runter, der jetzt zum ersten Mal sein Nintendo-Dings auf seinen überbreiten Oberschenkeln abgelegt hat und der Minna sein Mondgesicht entgegenstreckt.

»Gell?«, sagt die Minna zu ihm wie zu einer kranken Kuh. »Gell, du bist Nichtschwimmer?«

Der Bube nickt. Endlich fühlt er sich von einem einfühlsamen Menschen verstanden und akzeptiert. Ein Gefühl der Harmonie durchflutet unsere nüchterne Praxis.

»Da haben wir's doch schon, ein hochbegabter Nichtschwimmer bist du. Wozu denn lang um den heißen Brei herumreden. Und lernen willst du das bestimmt auch nicht, das Schwimmen?«, fragt die Minna verständnisvoll weiter.

Der Knabe schüttelt den Kopf und drückt auf seinem Nintendo herum.

»Genau das ist das Tragische an diesen ganzen Hochbegabten«, jammert die Minna an die Mutter hin und rudert hilflos mit den Armen. »Sie können alles, wollen aber nichts. Wirklich eine Schande ist das, wenn man seine Talente so verkommen lässt.«

Dann verlässt die Minna das Behandlungszimmer, kommt zu mir an die Rezeption gerannt und verdreht die Augen Richtung Decke, während sie ein Attest aus der Schublade zieht. Schnell kritzelt sie was drauf, rennt zurück zur Mutter und drückt es ihr in die Hand. Anschließend schiebt sie Mutter samt Sohn in Richtung Ausgang, macht dann auf dem Absatz kehrt, rennt unangeklopft zum Doktor rein und haut die Sprechzimmertür hinter sich zu.

Das ist kein gutes Zeichen. Die Minna kann eine gewaltige Nervensäge sein. Ich jedenfalls bin erst mal froh, dass sie anderweitig beschäftigt ist, und trink gemütlich meinen Kaffee, bevor er vollends kalt wird. Dazu esse ich eine Brezen. Als sich anschließend noch immer nichts tut, bekomme ich ein schlechtes Gewissen und beschließe nachzusehen, was da drinnen im Sprechzimmer los ist. Es ist gar nicht gut, wenn der Doktor zu lange mit der Minna allein gelassen wird.

Und wirklich, es ist genau das passiert, was ich befürchtet hab. Die Minna hat sich vor dem Schreibtisch des Doktors mit in die Hüften gestemmten Armen aufgebaut und versaut dem alten Mann das Frühstück.

»Das wissen Sie aber schon, dass das ungerecht ist!«, keift sie auf ihn ein.

»Ja, was heißt denn schon gerecht?«, wehrt sich der Doktor, so gut er kann, aber gegen die Minna kommt er nicht an. Das war schon immer so. »Ich bin bloß Arzt, für die Gerechtigkeit bin ich nicht zuständig«, brummelt er weiter.

Diesen Spruch hat er parat, seit ich ihn kenne. Für die jammernden Patienten, wenn die ihm vorheulen, warum es ausgerechnet sie so schlimm getroffen hat. Wenn der jahrzehntelange Kettenraucher nicht das leiseste Verständnis für seinen Lungenkrebs hat und der schwere Alkoholiker ums Verrecken nicht einsehen will, warum ausgerechnet ihn die Leberzirrhose angesprungen hat. Aus dem Nichts, sozusagen. Und natürlich ist es eine schreiende Ungerechtigkeit, wenn der stark übergewichtige Diabetiker, der sich keine einzige Sekunde lang an seinen lebenswichtigen Ernährungsplan gehalten hat, aus heiterem Himmel einen Schlaganfall erleidet. Immer sind die Krankheiten ungerecht, immer sind die anderen dran schuld, gerne und ganz besonders auch der Doktor, auf den man nie gehört hat. Aber an der bislang noch mittelgradigen Empörung der Minna ist der Doktor tatsächlich nicht vollkommen unschuldig.

»Die Liesel hat den BMW gekriegt, und was krieg ich?« Sie steht noch immer neben ihm und zetert.

»Was willst denn du mit einem BMW?«, springe ich dem Doktor bei. »Du hast doch nicht mal einen Führerschein.«

»Außerdem hat die Liesel das Auto nicht geschenkt gekriegt, des gehört immer noch mir«, stellt der Doktor klar.

»Aber fahren tut es die Liesel. Und zwar immer. Wann sie

es grad will. Auch wenn sie nix für die Praxis zu besorgen hat.«

»Dann lern halt Fahren, Minna, dann kriegst du auch ab und zu den BMW«, schlägt der Doktor vor.

Was natürlich völliger Unfug ist. Zum Glück scheint die Minna das genauso zu sehen, denn sie zieht eine beleidigte Lätschn und verschränkt trotzig die Arme.

»Dann will ich ein Elektrorad!«, platzt es plötzlich aus ihr heraus, und sie haut auf den Tisch.

»Dann kauf dir halt eins«, entgegnet der Doktor unwirsch, haut auch auf den Tisch und versteckt sich wieder hinter seiner Zeitung.

»Aber dann, bittschön, als Praxisbedarf.« Die Minna gibt sich nicht geschlagen. »Wenn Sie das Rad als Praxisbedarf anschaffen, dann ist es praktisch wie umsonst, weil Sie können es von der Steuer absetzen. Ich hab mich schon überall erkundigt.«

Oje. Wenn die Minna sich nach was erkundigt, weiß der ganze Ort darüber Bescheid. Sie fragt alle und jeden, und zwar so lang, bis sie genau die Antwort bekommt, die ihr in den Kram passt. Und von dieser Meinung, welche folglich die Mehrheitsmeinung des gesamten Dorfs darstellt, rückt sie nicht mehr ab, bis sie ihren Willen durchgesetzt hat. Das macht sie im Privatleben so, und auch den armen Doktor setzt sie auf diese Tour mit schöner Regelmäßigkeit bös unter Druck. Jetzt ist es wieder mal so weit. Der Doktor tut mir leid. Aus der Nummer kommt er nicht mehr lebend raus, befürchte ich.

»Und was soll so ein Dingsda kosten?«, brummelt der Doktor geistesabwesend und schiebt sich noch eine Schinkensemmel zwischen die Kiemen.

»Dreitausend Euro«, sagt die Minna eiskalt, ohne auch nur mit der Wimper zu zucken.

Der Doktor reißt den Kopf hoch und schaut sie mit weit aufgerissenen Augen an. Aus seinem halb offenen Mund hängt zu drei Vierteln die angefressene Schinkensemmel.

Besonders intelligent schaut das nicht grad aus. Ich werfe der Minna einen bitterbösen Blick zu, aber bevor ich ihr was sagen kann, läutet das Telefon. Dankbar für die Unterbrechung nehme ich ab, hör mir an, was durchgegeben wird, und lege wieder auf.

4

»Der Haslingerbauer ist gestorben«, informiere ich die Minna und den Arzt über die Neuigkeit. »Wer geht hin?« Ich schaue in die Runde.

Langsam löst sich die Schockstarre des Doktors. »Der Haslingerbauer stirbt schon seit acht Monaten«, mampft er dann mit vollem Mund. »Und da fällt's ihm jetzt ein, wo ich beim Frühstück bin? Die Leut werden immer rücksichtsloser. Allweil ist es dasselbe. Nimm die Minna mit, Liesel. Der Haslingerbauer war sowieso ihr Patient.«

Die Minna ist schon aus dem Zimmer losgerannt, als sie das von dem Haslingerbauern gehört hat. Ungeduldig wartet sie mit ihrer riesigen Notarzttasche auf dem Flur, bis ich endlich startklar bin. Im Wartezimmer hocken zwar noch ein paar Patienten, aber dann muss der Doktor eben mal eine Weile ohne uns zurechtkommen. Über den Hof laufen wir zum BMW, aber noch bevor wir den Wagen erreicht haben, stampft urplötzlich die Mutter des hochbegabten Dickerchens aus irgendeinem toten Winkel auf uns los.

»Mein Sohn hat keine Vaginitis!«, schreit sie und fuchtelt wie wild mit dem Attest herum.

In letzter Sekunde retten wir uns in das Fahrzeug, ich hau die Notverriegelung rein und brause vom Hof. In sicherer Entfernung frage ich zur Minna rüber: »Was hast du denn auf das Attest geschrieben?«

»Nix als die Wahrheit. Schwimmbefreit wegen Nintendo-Vaginitis.«

Ich werfe ihr einen verständnislosen Blick rüber. »Und was soll das sein?«

»Sehnenscheidenentzündung wegen zu viel Nintendo.«

Mit dem Haslingerbauern ist das so eine Geschichte. Letztes Jahr ist er anlässlich der Heuernte vom Scheunenboden gefallen, direkt auf den Hinterkopf. Damals hat man uns gar nicht erst verständigt, Gott sei Dank. Wenn's was Ernstes ist, rufen s' heut immer gleich den Sanka oder den Hubschrauber. Und der Hubschrauber war's dann auch, der den Haslingerbauern nach Sonthofen ins Klinikum gebracht hat, wo er ins Koma gefallen ist. So richtig mit allem Drum und Dran. Mit Zwangsbeatmung, künstlicher Ernährung und Dialyse. Nach sechs Wochen war er so weit stabil, dass er lediglich noch zwangsweise ernährt werden musste. Der klägliche Rest, der von ihm übrig geblieben war, funktionierte schon wieder von allein. Schließlich wollte sich die Klinik seiner entledigen, weil das ja kein Zustand mehr für eine Klinik, sondern eher für ein Pflegeheim war. Oder ab nach Hause damit. Die Familie entschied sich für nach Hause, weil ein Heimplatz zu teuer gekommen wäre. Pflegestufe drei. Also haben sie das bäuerliche Eheschlafzimmer mit einem gebrauchten Pflegebett und ein paar weiteren Utensilien ausgestattet und den Bauern heimgeholt. Damit er in Frieden zu Hause sterben kann. Das ist dem aber nicht im Trauma eingefallen, dem Saubauern, dem undankbaren. Nicht einmal mit Rücksicht auf seine Lebensversicherung, die nämlich nur dann zahlt, wenn er vor Vollendung des sechzigsten Lebensjahres stirbt. Bei seinem Sturz waren es noch acht Monate bis dahin. Keiner hat ihm die gegeben, anfangs. Was sich aber als Milchmädchenrechnung entpuppte. Sieben Monate und drei Wochen später lebt der Bauer immer noch. Wenn man das als Leben bezeichnen kann, was noch von ihm übrig ist. Nächste Woche würde er irgendwie seinen sechzigsten Geburtstag feiern, oder sagen wir besser: verdämmern. Dann läuft die Versicherung ungenutzt aus, und der Hof geht pleite, weil die Familie die Schulden nicht zurückzahlen kann. Aber jetzt wird es ganz anders kommen. Gott sei Dank.

Als die Minna und ich auf dem Haslingerhof eintreffen, hat sich die ganze Sippe im Schlafzimmer um das Totenbett versammelt: die Bauersfrau, die Helga, die ihn die letzten Monate unter der fachlichen Anleitung unserer Minna gepflegt hat, daneben seine alten Eltern, die auch noch mit auf dem Hof wohnen. Im Altenteil, wie es sich gehört. Und dann sind da noch drei erwachsene Kinder mit ihren derzeitigen Ehepartnern, welch selbige es zusammen bislang auf die stolze Zahl von acht derzeit noch minderwertigen Enkeln gebracht haben. Die ganze Sippschaft steht tief gramgebeugt im Kreis um das Bett herum und harrt der Dinge, die da kommen sollen. Im Zimmer ist es zappenduster. Erstens, weil es in Bauernstuben allgemein gern duster ist, und zweitens, weil die Vorhänge zugezogen sind. Dafür brennen andächtig ein paar Kerzen.

Die Minna beugt sich über den Leichnam und kneift die Augen zusammen. Da sie schon in der Dämmerung schlecht sieht und in dieser Finsternis überhaupt rein gar nichts, zückt sie ihre Taschenlampe, die sie normalerweise den Patienten in den Rachen schiebt, und leuchtet damit dem Verblichenen ins Gesicht. Es ist gelb wie die chinesische Mauer. »Ikterus«, sagt die Minna.

»Die Leber«, übersetze ich ganz leise, um die pietistische Stimmung nicht zu stören, »die Leber ist im Arsch.«

Die Minna nickt bestätigend und leuchtet weiterhin den abgelebten Bauern ab. Als ob es da noch was zu sehen gäbe. Urplötzlich hält sie jedoch in ihren untersuchenden Bewegungen inne, leuchtet irgendwo genauer hin und ruft: »Der lebt! Der ist ja gar nicht tot! Der lebt noch! Jedenfalls ein bisschen!« Einen Moment lang ist es noch totenstiller als zuvor. Dann kommt Bewegung in die Runde, das Trauerkränzchen schwankt wie eine La-Ola-Welle, Hände fliegen vor die Mäuler, die Familie weicht synchron entsetzt ein paar Schritte weit zurück und stößt ungläubige Laute aus.

»Jesses, na!«, schreit jemand, und eine hysterische Frauenstimme fängt an, ein Vaterunser aufzusagen.

Die Minna läuft zur Hochform auf. Sie ist jetzt ganz in ihrem Element. »Licht an!«, kommandiert sie rum. Dann schreit sie: »Vorhang auf, Kerzen aus, alle verlassen den Raum. Nur die Helga bleibt hier.«

Die ganze Sippe rennt zur Tür hinaus und die Treppe hinunter. Ich bleibe natürlich da, zusammen mit der erwähnten Helga, dem Immer-noch-Eheweib des halb lebendigen Bauern. Die Minna hat die Situation im Griff wie ein Vollprofi. Der sie auch ist. Nach ein paar weiteren Untersuchungen baut sie sich vor uns auf und erstellt einen Lagebericht. Keine Leichenflecken, keine Totenstarre. Sehr schneller und unregelmäßiger Puls, finale Schnappatmung. Tot ist der Bauer noch nicht, aber kurz davor. Noch könnte man, so man denn unbedingt wollte, die ganze Rettungsmaschinerie in Gang setzen. Mit Notarzt, Krankenhaus, Intensivstation, Lebertransplantation und so weiter. Aber wollen wir das wirklich? Die Frage steht nur kurz im Raum, dann sind wir uns einig. Nein, das wollen wir nicht. Er soll in Frieden sterben dürfen, der Haslingerbauer. Da, wo er gelebt hat, und da, wo er vom Heuboden gehagelt ist. Auf seinem Hof. Und wenn er sich damit ein bisschen beeilt, wird dieser Hof noch viele Generationen in Familienbesitz bleiben. Das wär doch schön.

Die Helga guckt auf den Kalender überm Bett. Der unvermeidliche Bauernkitsch hängt da herum. »Der arme Prolet« baumelt in diesem Fall schief und krumm an der Tapete, darunter Tageszahlen. »Vier Tage noch«, flüstert die Helga und drückt ihren Spuckefinger auf das Blatt. Fragend schaut sie zur Minna hin, die mit den Schultern zuckt.

»Da steckst nicht drin«, sagt die und macht sich dran, den Pissbeutel und andere unappetitliche Vorrichtungen neben und unter dem Pflegebett zu inspizieren und zusammen mit der Helga gegen frische auszuwechseln.

Für mich ist das nix. Ich bin ja weiß Gott nicht zimperlich, und es macht mir schon lang nix mehr aus, wenn der Doktor ein eitriges Furunkel aufsticht oder wenn ich assistieren muss, wenn er eine stark blutende Kopfplatzwunde näht. Aber dieses Krankenhauszeugs, also nein. Da geh ich lieber runter zu den anderen.

In der Küche schildere ich ihnen die Situation. Auf den Schreck hin haben sie schon mal ein paar Schnäpse konsumiert, und auch ich krieg sofort einen hingestellt. Birnenschnaps, Hausmarke. Ausgezeichnet. Sofort kippe ich einen zweiten hinterher. Die Kinder spielen solang mit den Prospekten von der Katholischen Sozialstation und falten Flieger aus den Katalogen vom Sanitätshaus. Eines von ihnen trompetet auf der zusammengerollten »Apotheken Umschau«.

Zu der Leich werden wir vorsorglich schon mal eingeladen, wenn's endlich so weit ist. Und allzu lang kann's eigentlich sowieso nimmer dauern, spreche ich den Angehörigen Mut und Trost zu, wofür ich ein drittes Schnapserl bekomm.

Auf der Rückfahrt sinniert die Minna vor sich hin: »Ich hab gar kein gutes Gefühl bei der Sach.«

»Ich hab gar nicht gewusst, dass du überhaupts ein Gfühl hast, Minna. Und dann schon gar kein gutes.« Als Antwort haut sie mir sakrisch in die Rippen. Die Minna und ich, wir zerfen uns halt gern gelegentlich und sticheln, wo's nur geht. Aber immer im Guten.

»Was ist das jetzt mit deinem unguten Gefühl?« Irgendwie interessiert es mich ja doch.

»Der war so gelb grad eben«, brummt sie in ihren Damenbart.

»Ja, und?«

»Irgendwas stimmt da doch nicht. Aber ich komm schon noch dahinter!«

Gelb. Das erinnert mich doch an was. Gleich fällt's mir wieder ein. Vor der Praxis ist es dann so weit. »Kreuzkruzifix, jetzt hätte ich fast den Paul vergessen!«

»Welchen Paul denn?«

»Na, der Bollinger Paul ist heut Nacht gestorben«, erklär ich der verdutzten Minna. Und dass ich mit dem Doktor noch zu dessen Witwe muss. Sofort.

5

»Was hat er zuletzt gegessen?«, fragt der Doktor die Hinterbliebenen, als wir am frühen Nachmittag bei der Klara sitzen. Auch die erste Tochter Hilde ist inzwischen eingetroffen, mitsamt ihrem zweiten Mann, dem Horst. Draußen im Auto toben drei Enkelkinder rum und warten auf die Klara, die normalerweise tagsüber auf sie aufpasst, während ihre Mutter, also die Tochter von der Klara, auf Arbeit ist.

»Er hat das gegessen, was wir alle gegessen haben, was sonst?«, erklärt die Hilde mürrisch. Und fragt, warum das so endlos gedauert hat, bis wir endlich hier waren. Und sagt, dass sie gleich wieder wegmuss, nach Hause, weil ihre drei Kinder seit vier Stunden nichts gegessen haben, und dass ihre Kinder nicht ewig im Auto warten können und hier drin im Haus schon gar nicht, mit dem toten Vatter da. Und überhaupt, warum das immer noch so lange dauert und was das alles soll? Wozu muss man einen Toten untersuchen? Wo gibt's denn so was? Das ist doch nix als Geldmacherei.

Der Doktor ist noch immer über den Paul gebeugt und leuchtet ihn mit seiner Lampe an.

»Hat er sich nach dem Essen erbrochen?«, fragt er und lässt sich von der Hilde ihrem Rumgemaule nicht beirren.

»Wo denken Sie hin«, protestiert die Klara. »Ich hab ihm extra sein Leibgericht gekocht, was ihm sein Leben lang so gut geschmeckt hat. Der wird sich unterstehen und das erbrechen, wo ich mir doch so eine Mühe damit gemacht hab.«

Dem Paul sein Kopf liegt tatsächlich in einer Konsistenz, die man für so was wie Kotze halten kann. Wenn man denn genauer hinschaut. Was ich natürlich schön bleiben lass. Zusammen mit dem Horst, Hildes Mann, habe ich mich rechtzeitig in die Küche abgesetzt und verfolge das Ganze nun sicher durch einen Türspalt. Mehr als das Nötigste muss ich gar nicht sehen. Die Küche hat in den letzten Stunden eine überraschende Wandlung durchlaufen. Sie ist inzwischen auffallend sauber. Alles abgespült und weggeräumt. Blitzblank wie nie zuvor.

»Das sieht doch ein Blinder mit Krückstock, dass der Vatter tot ist«, mault die Hilde im Wohnzimmer noch immer rum.

Der Doktor richtet sich mühevoll auf und kommt zu uns in die Küche. Fast haut er sich dabei seinen Kopf oben am Türbalken an. »Kannst du mir mal seine Leberwerte zeigen, bittschön, Liesel?«, fragt er, und ich zücke mein Smartphone. Die Werte stammen noch vom letzten Klinikaufenthalt und sind nicht wirklich aktuell. Aber auch nicht schlecht. Eigentlich ganz ordentlich, sogar.

»Die Werte erklären jedenfalls nicht diese massive Gelbfärbung«, wundert sich der Doktor. »Was hat er getrunken?«

»Na, das, was wir alle getrunken haben. Erst Bier, dann Wein und nach dem schweren Essen natürlich noch einen Verdauungsschnaps. Oder zwei«, antwortet die Hilde unwillig. »Aber das bringt ja wohl keinen um!«

Der Doktor nickt. »Das wohl nicht«, brummt er vor sich hin.

Im Flur steht mittlerweile der Horst. Er hat ein schreiendes Kind auf dem Arm und ein zweites heulendes an der Hand. Diese Trommelfellattacke gibt dem Doktor den Rest. Er lässt mich einen Totenschein ausstellen, und wir ergreifen die Flucht.

6

Ich hab der Minna versprechen müssen, dass ich sie fahre, wenn sie das Elektrorad kauft. Bei so einem Anlass wird, wie so oft im Leben, wieder einmal das Unangenehme mit dem Sinnlosen verknüpft. Auch wenn es bei uns im Dorf natürlich kein Elektrorad zu kaufen gibt, haben schon viele eins. Meist in einem großen Fahrradgeschäft in Oberstdorf gekauft, zu dem auch wir jetzt unterwegs sind. Vorher gehen wir noch in den Lidl, der direkt an der Bundesstraße liegt. Die Minna hat mir hoch und heilig versprechen müssen, dass sie mir in dem Laden nicht davonrennt, aber das hat noch nie geklappt, und ich werd's wohl auch nicht mehr erleben, dass das anders wird. Kaum sind wir im Lidl drin, ist sie auch schon zwischen den Regalen verschwunden. Auf und davon wie ein Bluthund, der im Wald eine Fährte aufgenommen hat. Ich komm da mit meinem Einkaufswagen nicht hinterher, der auch jedes Mal, das man hierherkommt, eine Nummer größer wird. Unnavigierbar. Außerdem mag ich keine Hektik. Lieber schau ich mich erst einmal in aller Ruhe ein bisserl in dem Lidl um.

Ja, lachen S' nur. Wenn man aus unserem Dorf kommt, ist ein Lidl als Abwechslung was ganz Besonderes. Ich schieb den Wagen ein paar Meter in einen Gang und schau dann bis zum Ende des Ladens hin. Dort ist ein riesiges Rolltor, durch das grad neue Ware reingefahren wird, die dann in den Regalen landet. Irgendwie wie bei uns in der Praxis, denk ich. Die Patienten kommen rein, hocken eine Weile auf der harten Wartebank und gehen dann wieder raus. Nur dass sie zwischendurch noch beim Arzt, der Minna oder mir waren. Mit einem Mal wird mir die ganze Sinnlosigkeit dieses ewig gleichen Treibens bewusst. Ware rein, Patient raus. Patient rein, Ware raus. Immer wieder, ohne Unterlass. Der Patient ist nicht gesünder als vorher, wenn er nach fünf Minuten Arztkontakt wieder geht, und die Ware ist auch nicht besser geworden. Im Gegenteil. Das empfindliche Zeug, Obst und Gemüse oder Käse und Wurst, wird durch tagelanges Rumliegen nicht gerade frischer. So gesehen könnte man das alles eigentlich bleiben lassen, dieses ewig gleiche und sinnentleerte Hinten-rein-und-vorne-raus, denke ich.

Ich war so in Gedanken, dass ich plötzlich vor der Automatenbäckerei steh. »Das neue Back und Kack«, prangt in großen Buchstaben darüber. Ganz neu ist das nicht, aber ich find es trotzdem immer wieder faszinierend und schaue dem Treiben eine Weile zu. Natürlich sind das keine echten Semmeln und kein echtes Brot, die da pausenlos in die Schächte fallen. Auch wenn sie fast echt aussehen, noch ganz warm sind, irgendwie nach Roggenbrot oder Semmel riechen und manchmal auch so ähnlich schmecken. Jedes Kleinkind weiß, dass das in Wirklichkeit nichts weiter als aufgewärmte Teiglinge sind, die in Ostpommern, im Kongo oder in der Walachei hergestellt werden und tiefgefroren nach Tausenden von Kilometern Transportweg bei uns landen, wo sie von gleichfalls tiefgefrorenen Zwangsarbeitern aus ebendiesen bereits genannten Ländern hinter den Stahlwänden von dieser »Back und Kack«-Bäckerei aufgetaut und endgebacken werden. Ich atme tief durch. Das musste einfach mal gesagt werden. Jedenfalls ist mir jetzt wohler, und ich geh die Minna suchen. Als ich sie endlich finde, sehe ich, dass sie sich einen Verkäufer vorgeknöpft hat. Wobei, Verkäufer kann man diese Werktätigen eigentlich nicht nennen, genau genommen sind es humanistische Gabelstapler. Und einen von den humanistischen Staplern hat die Minna jetzt am Wickel.

»Was kostet das Waschmittel da?«, fragt sie und zeigt auf eine Großpackung Domol. Domol, und du fühlst dich wohl, das kennt man ja. Oder: Willst du viel, dann Sapil. Und mal ganz ehrlich: Wer will heutzutage schon nicht viel? Die Minna will zwar auch viel, aber heute reicht's wohl trotzdem nur zu Domol.

»Aschtsehneureofunundaschtzisch«, sagt der Gabelstapler. »Schthet druff.«

»Und wenn ich zwölf auf einmal nehm?«, nervt die Minna weiter.

»Sweihundertsechsundswanzicheureoswanzich«, antwortet der Humandroid und fährt fort, ungerührt seine Klorollen einzusortieren.

»Aber dann hätt ich ja rein gar nix gespart«, jammert die Minna an den Stapler hin.

Energisch zieh ich sie zur Seite und erklär ihr zum hundertsten Mal, dass man in einem Lidl oder auch einem Aldi, oder wie immer diese Dinger heißen, ums Verrecken nicht handeln kann und auch keinen Mengenrabatt bekommt. Und dass man die Socken, BHs und Unterhosen aus dem Sonderangebot nicht gleich hier zwischen den Regalen anzieht und dafür sein altes Zeug einfach wegschmeißt wie im Schuhgeschäft. Es ist wirklich zum Verzweifeln!

Schließlich greift sie sich zehn Großpackungen Klopapier mit Vanillearoma, die im Angebot sind. Aber von dem frischen weißen. Das braune recycelte, was andere Leute vorher schon mal verwendet haben, mag sie nicht. Ich auch nicht. Wenigstens in diesem Punkt sind wir uns einig, sodass ich auch zehn Packungen nehm.

Als wir den Lidl endlich mit einem überquellenden Einkaufswagen verlassen und uns Richtung Elektrorad auf den Weg machen, liegen meine Nerven blank.

In Oberstdorf finden wir das Fahrradgeschäft dank Navi auf Anhieb, und natürlich stürmt die Minna hinein, obwohl sie mir das Gegenteil versprochen hat. In der Mitte ist ein langer Gang, an dem links und rechts Hunderte verschiedenster Fahrräder geparkt sind. Doch von einem Elektrorad ist erst einmal weit und breit keine Spur. Auch nicht von einem Verkäufer. Nur eine Mutter mit einem etwa zehnjährigen Knilch steht vor uns. Letzterer weiß anscheinend ganz genau, was er will, er hat sich das Fahrrad seiner Wahl bereits unter den Arsch geklemmt und will grad zur Probefahrt aufbrechen.

Die Mutter lächelt ihm aufmunternd zu: »Los geht's,

Bengt-Kasimir! Wenn kein Verkäufer kommt, testen wir die Räder eben alleine.«

Der so Angesprochene düst los, was das Zeug hält, gibt auf der Geraden Gas, dann ist der Laden zu Ende, das Balg legt sich in die Kurve, zieht die Bremsen, und schon haut's es der Seite nach hin. Das wär nicht weiter schlimm, aber das Rad kracht voll in die Fahrradreihe links von uns, woraufhin sämtliche Räder eins nach dem anderen ineinanderhageln wie Dominosteine, bis das letzte Rad der Minna direkt vor die Füße knallt. Leider ist auch das kein Elektrorad.

»Dem gehört doch gleich ein Satz Watschen links und rechts!«, schimpft die Minna los.

Da hat sie zwar wohl nicht ganz unrecht, aber wie ich den Jungen plötzlich erbärmlich weinen hör, siegt doch mein Mutterinstinkt. Obwohl ich gar keine Mutter bin, renn ich los und bin noch vor der biologischen Erzeugerin bei dem gefallenen Kind. Es brüllt immer noch wie am Spieß und dass es Gott erbarm. Obwohl es offensichtlich gar nichts abgekriegt hat. Keinen Kratzer, kein Blut, aber Hauptsache schreien. Die Mutter hockt mittlerweile neben ihrem Nachkömmling und steht auch davor, gleich mit dem Heulen anzufangen.

»Mein armer Schatzispatz, hast du dich verletzt?«, jammert sie los.

»Der hat doch gar nix«, sag ich beruhigend.

»Woher wollen Sie das denn wissen!«, pflaumt mich die Mutter an. »Sind Sie etwa Ärztin?«

»Könnt man fast sagen, ja«, gebe ich zurück und krame in meiner Handtasche nach einem Bonbon. Inzwischen kommt auch ein Verkäufer herbeigelaufen und fängt gottsallmächtig zu fluchen an, als er die Bescherung sieht. »Ja, kreizhimmelkruzifixnoamol! Können Sie nicht warten, bis jemand kommt und Ihnen hilft? Des kommt davon, wenn man meint, man könnt hier im Laden alles –«

»Ich werde Sie verklagen!«, schreit jetzt die Mutter dem Verkäufer ins Wort. »Mein Sohn ist schwer verletzt, weil Sie Ihren Saustall nicht im Griff haben! Schauen Sie doch mal, wie das hier aussieht«, wimmert sie und deutet auf die Räder. »Sie werden schon sehen, was Sie –«

»Bevor Sie hier noch weiter rumschreien, lesen S' doch erst mal des Schild da heroben.« Der Verkäufer zeigt an die Wand. »Probefahrten nur im Hof!«, steht da in dicken Lettern.

Der Mutter ist das scheißegal. »Das nützt Ihnen gar nichts, von hier unten kann das kein Mensch lesen, und außerdem ist unser Nachbar Anwalt. Und zwar kein Wald-und-Wiesen-Anwalt, sondern ein ganz besonders guter, der wird Ihnen schon –«

Die zwei Streithähne brüllen weiter, was das Kind natürlich keineswegs beruhigt. Im Gegenteil. Es schreit nach wie vor aus Leibeskräften.

»Hätten Sie mal ein Glas Wasser, bittschön?«, frage ich den Verkäufer, als der gerade mal Luft holt.

»Meinetwegen«, brummt der und ist erst mal weg. Bonbons habe ich in meiner Tasche zwar keine gefunden, dafür aber zwei alte Süßstofftabletten. Dann müssen die's jetzt halt tun, denke ich. Ich lass mir das Wasser geben, werfe die Süßstöffer hinein und halte das Glas dem Schreihals vor die Nase.

»Stopp!«, mischt sich jetzt wieder die Mutter ein. »Was ist das für ein Zeug, was Sie meinem Sohn da geben wollen?«

»Globuli natürlich, was glauben Sie denn?«

Die Mutter ist ein klein wenig beruhigt. »Und was für Globuli?«, fragt sie dann genauer nach. Ganz offensichtlich eine Expertin.

»Arnika D 6«, antworte ich mit der größtmöglichen Selbstverständlichkeit.

Der Bub nippt am Wasser, beruhigt sich, und das Geplärr hört tatsächlich auf. Wenige Momente später wird er von seiner Mutter geschnappt und hinter ihr her aus dem Geschäft geschleift. Natürlich nicht, ohne dass sie den Verkäufer zur Verabschiedung noch mit Drohungen überzieht.

Als sie weg ist, wischt sich der Verkäufer mit einem Öllappen den Schweiß von der Stirn und schaut uns an. »Gehört's ihr da mit dazu?«, brummt er uns unfreundlich an.

Ich denke über eine Antwort nach. Falls ja, müssten wir die umgeflogenen Räder jetzt garantiert wieder millimetergenau hinstellen.

»Jetzt werden S' bloß nicht frech!«, keift die Minna zurück, ohne dass ich noch den Mund aufmachen kann.

»Und was wollt's ihr dann?«, fragt der Verkäufer, immer noch sichtlich schwer genervt.

»Wir suchen ein Elektrorad. Für die Minna«, sage ich möglichst sachlich und zeige auf die Minna.

Der Verkäufer kratzt sich am Kopf. »Ah, so ist des. Also, rein im Prinzip ist das natürlich eine super Idee. Viele Rentner fahren jetzt elektrisch, um sich zu erleichtern, unterwegs.« Einen Moment lang bleibt er stehen wie eine kaputte Uhr und sieht sich stier in seinem Laden um.

So als Mannsbild gefällt mir der Verkäufer ausgesprochen gut. Er ist etwa eins neunzig, also groß, das ist immer gut, und sportlich. So ein typisch bayrischer Hochgebirgs-Outdoor-Yeti eben, mit einer kantigen Hakennase und einem ausgeprägten und ziemlich unrasierten Kinn. Wahrscheinlich hat er nicht allzu viel in der Birne, aber das wär mir egal. Allerdings ist er vielleicht a bisserl jung für mich. Noch keine dreißig, schätz ich mal.

»Also, des wird net so einfach werden«, murmelt er jetzt wieder vor sich hin und auf uns runter. »In Ihrer Größe hat es nicht viel Auswahl. Aber kommen S' mal mit, wir werden schon was für die Oma finden.«

Ich ahne schon die nächste Katastrophe. Wenn man die Minna als Rentnerin oder Oma tituliert, bewegt man sich hart am Abgrund. Die Minna ist weder das eine noch das andere, und darauf legt sie auch den größten Wert. Obendrein kann sie bei dem geringsten Anlass ausgesprochen cholerisch reagieren. Und das hier ist nicht gerade ein geringer Anlass. Noch reißt sie sich scheinbar zusammen, aber dass das so bleibt, dafür kann ich nicht garantieren. Aber wer kann das schon für jemand anders garantieren, noch dazu für jemanden auf einem Elektrorad? Scheinbar hat der Verkäufer etwas Passendes gefunden. Aus einer Reihe eng beieinanderstehender Räder hebt er eines davon mit nur einem Arm senkrecht nach oben. Wie ein Kran schwenkt er es im Halbkreis zu uns her und lässt es vor uns sanft zu Boden gleiten. Mei, hat der eine Kraft. Erst bin ich völlig begeistert, dann aber gefriert mir das Blut in den Adern. Ich realisiere, dass wir in der Kinderabteilung gelandet sind.

»Das ist aber ein schönes Radl, gell?«, versuche ich die Minna abzulenken, aber das ist gar nicht nötig. Offenbar hat sie sich bereits in das kleine Rad verliebt und das mit der Kinderabteilung gar nicht mitgekriegt. Es sieht auch gar nicht wie eins für Kinder aus, das Radl: Es ist mattschwarz mit silbern und hat dicke Reifen. Irgendwie erinnert es mich an eins dieser lauten Geländemopeds.

»Dann wollen wir's mal ausprobieren«, sagt der Verkäufer und trägt das Teil unterm Arm auf den Hof. Wir zwei trotten gehorsam hinterher. Draußen setzt sich der Verkäufer auf das Radl und macht eine Testfahrt. Mit seinen langen Beinen hockt er auf dem kleinen Ding wie auf einem Donnerbalken. Nach ein paar Runden stoppt er neben der Minna. »So, Oma, jetzt sind Sie dran. Stützräder brauchen S' ja hoffentlich keine?«

Anfangs schiebt er sie an wie ein kleines Kind, dann fängt die Minna an zu treten, der Elektrostrom setzt ein, und die Minna braust nur so davon. Runde um Runde dreht sie auf dem Hof, winkt uns huldvoll zu und hat ein dämliches Grinsen im Gesicht. Offenbar macht es ihr einen Heidenspaß. Gott sei Dank, denke ich. Mit jeder Minute wird sie schneller und schneller, sodass ich es fast mit der Angst zu tun krieg und froh bin, als der Verkäufer endlich ruft: »Jetzt ist aber gut, Oma! Du fährst mir ja den ganzen Akku leer!«

Widerwillig gehorcht die Minna, verlässt mit Schwung ihre Kreisbahn, schwenkt graziös in eine Gerade ein, kommt genau auf uns zu, macht aber keine Anstalten zu bremsen und knallt dem Verkäufer ungebremst den Fahrradlenker mitten ins Gemächt.

Der Yeti klappt zusammen und setzt sich rückwärts auf den Arsch.

»Des Fahren geht echt super«, freut sich die Minna und zwinkert mir zu, »aber nach den Bremsen müssen S' schon noch mal schauen.« Dann leiert sie dem Verkäufer noch einen Rabatt von sieben Prozent aus dem Kreuz und lässt sich die Rechnung auf die Praxis ausstellen. Einen Helm will sie nicht, weil Dickschädel ab Werk. Bezahlt wird mit der Kreditkarte vom Doktor, der gar nicht weiß, dass er überhaupt eine besitzt. Der Verkäufer quetscht das Radl grad so auf die Rückbank vom BMW, zwischen unsre zwanzig Packungen Klopapier, dann zuckeln wir los.

Als wir endlich wieder zu Hause sind, bin ich fix und fertig.

7

Wie ich am nächsten Morgen in die Praxis komm, herrscht schon ein ziemlicher Betrieb. Die Minna hat früh aufgesperrt und befindet sich mit dem ersten Patienten in der Behandlung zwei. Die Tür steht auf. In ihrem typischen Krankenhaus-Kasernenhof-Ton herrscht sie da drin jemanden an: »Hosen runter!«

Es ist ein Jüngling von etwa sechzehn Jahren, der vorher noch nie bei uns war. Er ist groß, blond, blass und dünn. Nach wenigen Minuten steht er in Unterhosen da, muss aber warten. Ich warte auch, und zwar, dass der Computer endlich hochgefahren kommt. Tut er aber nicht, stattdessen blinkt wie narrisch eine Fehlermeldung auf, dass irgendwas mit der Daten-Inkontinenz nicht stimmt und alles noch einmal von ganz unten hochgefahren werden muss.

»Wie lang dauert das denn noch?«, schreit die Minna, die mit der Untersuchung warten muss, bis ich den Patienten angelegt habe.

»Bin gleich so weit«, antworte ich schreiend. Es dauert und dauert.

»Sie wissen doch, was Windows bedeutet?«, mischt der Jüngling sich ein.

Die Minna weiß es natürlich nicht.

»White man in front of display watching sandclock«, erklärt das Bürschchen.

Ich muss laut lachen, aber die Minna kapiert nix. Der Bursche erklärt es ihr auf Deutsch, aber sie kapiert immer noch nix. Egal. Inzwischen ist immerhin das Programm betriebsbereit. »Name?«, rufe ich in die Behandlung zwei, aber von dem, was ich vom Unterhosen-Boy höre, verstehe ich keine Silbe. »Kommst du mal zu mir herüber, bittschön, und sagst des noch einmal? Und zwar ganz langsam?«, schreie ich.

Der Bube trottet gemächlich zu mir an die Rezeption, mit

nichts weiter an als einer Unterhose. Ich bin ja weiß Gott nicht leicht zu irritieren, aber dieser mikronesische Männertanga direkt vor meiner Nase …? Ich weiß nicht, ob ich lachen oder weinen soll. Da ich über eine beachtliche Oberweite verfüge, die direkt vor dem Tanga wogt, schließe ich möglichst unauffällig die vier obersten Knöpfe an meinem Arztkittel, damit der Jüngling nicht in eine pubertäre Verlegenheit gerät, wie er so von oben auf mich herunterschauen muss.

»Name?«, wiederhole ich zum gefühlten hundertsten Mal. Viel Geduld hab ich nimmer.

»Vorderholzleitnergschwandtner-Thorhuldratson«, sagt er ganz langsam, als ob ich ein Analphabet wär.

»Und wie schreibt man das?«, frage ich, jetzt einigermaßen genervt.

»Ja, so wie man's halt spricht! Vorderholzleitnergschwandtner«, krakeelt die Minna, die plötzlich neben dem Knaben steht, ihn verdächtig freundlich anschaut und dazu milde lächelt. »Dann bist du wohl der Sohn von der Margit Vorderholzleitnergschwandtner aus Hinterfötz?«, vermutet sie.

Der Knabe bestätigt es. »Aber woher wissen Sie das, ich hab Sie vorher überhaupts noch nie gesehen?«

Die Minna streicht ihm zärtlich über den Arm. Was wird das denn jetzt?

»Ja, weißt du des denn nimmer, mein Kleiner?«, sülzt sie ihn an. »Ich war doch bei deiner Entbindung mit dabei, ich und der Dr. Steinkauz! Du warst eine Sturzgeburt mitten in der Nacht, eine komplizierte verkantete Steißlage warst du. Zum Schluss haben wir dich mit der Zange rausholen müssen.«

Tatsächlich? Mit scheint es eher, als ob der Kerl da vor mir auf der Brennsupp dahergeschwommen wär.

Die Minna schaut den Knaben weiterhin ganz zärtlich an und schwelgt in Erinnerungen, während ich ihn nun schon zum dritten Mal frag: »Und wie um alles in der Welt schreibt man diesen Namen jetzt genau, bittschön? So was hab ich ja noch nie gehört.«

Die Minna ist empört. »Aber das ist doch ein ganz bekannter Name hier in der Gegend«, mokiert sie sich lautstark. »Vorderholzleitnergschwandtner! Den Namen kennt doch jedes Kind. Das ist eine uralt eingesessene und ehrbare Familie, die Vorderholzleitnergschwandtners aus Hinterfötz im schönen Fötztal.«

Ich geb's endgültig auf und lasse mir den Namen buchstabieren.

»Strich: Thorhuldratson«, sagt der Knabe, als ich mich schon freue, dass es überstanden ist.

»Was war des grad?«, blaffe ich ihn an.

»Vollständig heiße ich Vorderholzleitnergschwandtner-Thorhuldratson«, erklärt er mir oberlehrerhaft und als ob er auch noch stolz drauf wär. Ja, leck mich doch am Arsch!

»Natürlich, der Helgustur Thorhuldratson, das war doch dein Vatter«, erinnert sich die Minna mit unverhohlener Freude.

»Der ist immer noch mein Vatter«, bestätigt der Bub.

»Aber der wohnt heut nicht mehr hier in Hinterfötz, oder?«, will die Minna wissen.

»Der ist mal hier, mal da«, bestätigt der Bursche. So einen Umtrieb ist man ja von Vätern bestens gewohnt. »Ein paar Monate ist er bei uns, dann wieder bei sich daheim in Island.« Immerhin lässt er sich überhaupt noch gelegentlich blicken, denke ich. »In den Ferien bin ich oft bei ihm«, fährt der Tangaträger fort, und bevor jetzt direkt vor meiner Nase und an meiner Rezeption entweder eine Familienzusammenführung geplant oder die Ahnengalerie derer von Vorderholzleitnergschwandtner aus Hinterfötz bis ins Mittelalter zurückverfolgt werden kann, schreite ich lieber lautstark ein.

»Vorname?«, frage ich und bereue es im nächsten Moment auch schon.

»Aasgeier«, sagt mir der Frechdachs mitten ins Gesicht. Jetzt aber Vorsicht, gell!

»Hab ich doch gewusst, dass es ein Vogerl war«, jubelt nun daraufhin die Minna. »Irgendwas mit einem Vogerl war's, da kann ich mich noch genau dran erinnern. Nach deiner Geburt standen wir in der Küche rum, es hat Schnapserl gegeben, und dein Vatter hat sich einen Namen für dich überlegt. Steinarsch war, glaub ich, noch zur Auswahl gestanden oder Sveiniglur und Einnarr, aber dann hat er sich für das Vögelchen entschieden, das Wappentier von Island. Darum haben sie dich Aasgeier getauft, gell?«

Ich stelle kurz eine hypothetische Berechnung an, wie viele Schnapserl nach dieser Geburt wohl geflossen sein mögen, bis es zu einer solchen Entscheidung kommen konnte. Die Minna wird derweil vollkommen von ihren rührseligen Erinnerungen überwältigt. Mei, ist des schön. Unterdessen erklärt mir der junge Mann, dass er in Wahrheit Asgeir heißt und wie das geschrieben wird und dass der Aasgeier natürlich nicht das Wappentier von Island ist, aber dass er sich in den letzten sechzehn Jahren daran gewöhnt hat, Aasgeier gerufen zu werden, und dass die Minna das auch tun darf, ab jetzt. Und ich gnädigerweise gleich mit.

Vor so viel Barmherzigkeit kann ich gar nicht anders, als zu kapitulieren. Ich tippe in den Computer: »Asgeir Vorderholzleitnergschwandtner-Thorhuldratson, wohnhaft auf dem Vorderholzleitnergschwandtnerhof 2 in Heiterbach, Ortsteil Hinterfötz.« Eigentlich könnt ich jetzt gleich wieder heimgehen, so hat mich die ganze Angelegenheit am frühen Morgen schon geschlaucht, aber die Minna, die alte Energiesau und ewige Sklaventreiberin, befindet sich bereits mittendrin in der Vernehmung.

»Was fehlt uns denn, mein Kleiner?« Mitleidig schaut sie an ihm hoch.

»Nix, ich bin kerngesund«, antwortet der Aasgeier.

»Lehrlingsuntersuchung?«, versucht es die Minna erneut.

»Nein, aber mit Schule hat es irgendwie schon was zu tun. Ich tät gern in einer Arztpraxis ein Praktikum machen. Jeder Schüler soll sich einen Praktikumsplatz suchen. Des, was ihr zwei da herinnen macht, des interessiert mich, deshalb bin ich hier.«

Ich kneife die Augen zusammen und starre ihn giftig an. Mannsbilder, die sich in unsere angestammten Frauenberufe reinschmuggeln wollen, hab ich gefressen. Aber so was von. »Ja, sag einmal«, blaffe ich ihn an, »fallt dir denn nix Besseres ein, als wie Arzthelferin zu werden? Du bist doch jung und gesund und könntest einen gescheiteren Beruf lernen als wie Arzthelferin. Da kannst ja gleich Hebammer werden wollen oder Kindergärtner! Oder, besser noch: Du wirst Floristin!« Im Grunde bin ich ja eine Seele von Mensch – wenn man mich denn lässt. Aber im Moment kann ich mich kaum noch bremsen und werde immer lauter. »Des ist doch überhaupts ein absoluter Spitzenberuf für ein kräftiges junges Mannsbild wie dich: Floristin!«, schrei ich ihn an. Ich bin jetzt voll in Fahrt. Na, warte, Bürschchen! »Da lernst drei geschlagene Jahr lang, wie man ein paar Blümerl und Zweigerl in eine Blumenvase stopft und ganz wunderschön auf ein kleines Tischlein stellt! Ein ganz ein super Männerberuf ist das!« Nix als nachwachsende Matscheier und Mimosen, diese jungen Burschen von heut. Da könnst grad auf der Sau naus.

»Aber ich will doch überhaupts keine Arzthelferin nicht werden«, setzt sich der Jüngling endlich und energisch zur Wehr. »Wenn's mir hier gefällt, dann studier ich natürlich Medizin und werde Arzt.«

Na, also. Geht doch.

»Ein Arzt!«, schreit die Minna jubilierend wie ein Rauschgoldengel. »Das ist ja großartig! Da kannst du sofort bei uns anfangen, der Doktor hat sowieso keine Lust mehr und tät lieber heut als morgen aufhören. Ein Arzt ist da, ein junger Arzt!« Die Minna kriegt sich überhaupt nicht mehr ein und tanzt und springt im Kreis um den Knaben herum wie ein Regenmacher, der einen Wolkenbruch herbeigebetet hat. Ich brech gleich zusammen.

Aber so schnell geht's dann doch wieder nicht mit der Praxisübergabe. Wir versprechen dem Aasgeier ein zweiwöchiges Praktikum, Beginn sofort. Die Minna zieht ihn gleich hinter sich her und will ihm alles in der Praxis zeigen. Der

Aasgeier ist Feuer und Flamme. Erst als sie im Wartezimmer ankommen und er den dort wartenden Patienten als neuer Praktikant vorgestellt werden soll, merken sie, dass der Aasgeier noch immer nichts weiter trägt als seine Unterhosen. Seinen Männertanga. Zum Glück scheint das den Patienten nicht weiter aufzufallen. Anschließend ruft die Minna einen Rentner aus dem Wartezimmer und erklärt dem Aasgeier am Lebendbeispiel die Feinheiten der Prostatavorsorge.

Nach diesem Stress bin ich fix und fertig, gieß mir einen Kaffee ein und hol tief Luft. Nebenher werfe ich einen prüfenden Blick in die Schublade, in der unser Bargeld drin ist. Ich weiß, dass ich das nicht tun soll. Es ist ganz schlecht für meine Nerven. Denn jedes Mal, wenn ich da reinschau, kriege ich einen Mordszorn auf die FDP, die uns nämlich unsere schöne Praxisgebühr gestohlen hat. Jahrelang war unsere Schublade randvoll mit Zehn-Euro-Scheinen. Zehnerl gab's, so weit das Auge reichte. Der Doktor hat es damals gar nicht mitgekriegt, als die Praxisgebühr eingeführt worden ist, und wahrscheinlich hätt er die lumpigen zehn Euro sowieso gar nicht haben wollen. Aber für mich und die Minna waren sie jahrelang ein nettes Zubrot und ein schönes Taschengeld, diese Zehnerl. Schad drum. Immerhin hat die FDP ihre verdiente Quittung gekriegt. Bei der letzten Wahl hab ich sie abgewählt. Und weg war sie, die Partei. Das hat mich richtig gefreut. Unsere alte Schublade voller Zehnerl wär mir allerdings wesentlich lieber gewesen.

Ich koche frischen Kaffee und geh mit meiner noch mal aufgefüllten Tasse zum Doktor rein. Der hockt an seinem Schreibtisch und ist so in sein Computerspiel vertieft, dass er mich überhaupt nicht mitkriegt. Ich setze mich auf den Patientenstuhl und beobachte ihn eine Weile. Das Computerspiel haben wir ihm zu Weihnachten geschenkt, irgendwas mit »Hunter« im Titel, man kann damit künstlich auf die Jagd gehen. Der Doktor war früher mal ein wilder Jäger und ist heut noch pachtmäßig an dem Jagdrevier der Gemeinde mit beteiligt. Zusammen mit einem Sägewerksbesitzer und einem

Großbauern. Die drei sind zusammen alt geworden, haben jahrzehntelang gemeinsam gejagt, gesoffen und geraucht, aber nun schaffen sie es kaum noch raus in ihr Revier und rauf auf einen Hochsitz. Immer muss mindestens einer von den Holzarbeitern aus dem Sägewerk mit raus und einen von den drei alten Grantlern ins Revier schaffen, ihm auf einen Hochsitz hinaufhelfen und ihn später wieder abholen. Das Computerspiel ist natürlich kein vollwertiger Ersatz für die Natur, aber man kann es jederzeit am Schreibtisch spielen, und dem Doktor macht es einen Riesenspaß. An so was kann auch nur ein Mannsbild Spaß haben, überlege ich, während der Doktor stier in seinen riesigen Bildschirm glotzt und auf einen Hirsch wartet oder auf was weiß ich. Irgendwann taucht dann tatsächlich der Hirsch oder die Sau oder der Grizzly auf, und der Doktor wird ganz zitterig mit seiner altersfleckigen und knochigen Opahand um den Joystick herum, mit dem er das Zielfernrohr schwenkt, bis er schließlich abdrückt und der Bison tot umfällt. Männer sind doch irgendwie alle gleich. Primitiv und leicht zu unterhalten, denke ich. Keiner noch so blöden Frau würde es im Traum einfallen, sich stundenlang vor so ein Computerspiel zu hocken und auf einen Hornochsen zu warten, den sie dann abknallt. Genau genommen kenne ich überhaupt keine Frau, die auch nur vor irgendeinem Computerspiel hockt. Wozu auch? Wir haben weiß Gott Besseres zu tun, als stundenlang …

»Peng!«, knallt es plötzlich aus den Lautsprecherboxen. Ich stoße einen kurzen Schrei aus, zucke zusammen und verschütte meinen Kaffee auf der Zeitung.

Der Doktor fährt herum. »Liesel! Ich hab dich gar nicht bemerkt«, stammelt er wie ein Klippschüler, der beim Abschreiben ertappt wird.

»Bin grad erst reingekommen«, murmele ich und wische die Pfütze vom Doktor seiner Zeitung weg.

»Ach, Liesel? Wenn du schon grad da bist, kannst du mir bei der Gelegenheit mal wieder das Spiel verstellen, bittschön, ja?«

»Freilich, Herr Doktor«, sage ich und beuge mich über die Tastatur. Bei dem Spiel gibt es vieles zu verstellen: das Land, den Himmel, Wälder, Seen, Gebirge, Tag, Nacht, Wind, Regen, Schnee, einfach alles. Eigentlich sind die Bilder wunderschön, denke ich, man könnte wie in einem Naturfilm nur die Bilder über den Monitor laufen lassen, und gut wär's. Wozu also braucht man da noch ein doofes Wild, das in das Bild getappt kommt, nur um abgeknallt zu werden?

»Kanada wär schön«, sagt der Doktor plötzlich leise, »Kanada hab ich schon lang nicht mehr gesehen.«

Ich stell ihm Kanada ein und gehe schnell wieder raus. Irgendwie ist mir das heut alles hier zu viel.

8

Nach der Mittagspause Hausbesuch. Aus dem Neubaugebiet in Vogeltann hat jemand angerufen, dass ein Doktor kommen soll. Da der aber grad blöderweise randvoll mit Verdauungsschlaf beschäftigt ist, fahren wir zwei beide hin, ich und die Minna. Wie immer. Hinter den schmucken neuen Reihenhäusern stehen ein paar weniger schmucke Wohnblocks. »Friedrich Deppendorf«, steht auf einem Klingelschild. Hier muss es sein.

Die Minna schellt, und der Aufzug bringt uns in den vierten Stock. Im Aufzug die ortsübliche frühsteinzeitliche Höhlenmalerei. Ärsche, Titten, Pimmel. Eine Frau öffnet uns die Tür und schüttelt mir die Hand. »Guten Tag, Frau Doktor«, sagt sie freundlich.

»Das ist keine Frau Doktor«, stellt die Minna klar.

»Die Minna auch nicht«, sage ich zu der Frau. Jetzt guckt sie blöd. Wir versuchen, ihr die Sachlage zu erklären, aber ganz zufrieden damit ist sie freilich nicht, die Frau Blödhofer. Trotzdem lässt sie uns rein, und wir setzen uns an einen Tisch und kriegen sogar Kaffee serviert. In dem Wohnzimmer ist es unglaublich eng. Erstens ist das Zimmer von Natur aus klein, und zweitens ist es so vollgestellt mit Möbeln, dass man sich kaum rühren kann.

Nach einer halben Tasse Kaffee fängt die Frau an loszujammern. Und wie! In was für eine ausweglose Lage sie hier reingeraten ist, im gottverfluchten Bayern.

»Sie sind wohl nicht von hier?«, fragt die Minna.

»Wo denken Sie hin!«, empört sich die Frau. »Wir kommen aus Bad Oeynhausen.«

Das erklärt ja wohl alles.

»DDR«, stelle ich fest.

»Unsinn!«, ereifert sich die Frau noch mehr. »Bad Oeynhausen liegt zwischen Hannover und Bielefeld.«

Aber auch diese geografische Angabe sagt der Minna und mir jetzt so spontan überhaupt nix, und wir zucken zusammen mit den Schultern.

»Was wollen Sie dann hier, wenn's Ihnen alles nicht taugt?«, will ich wissen.

»Ich für meinen Teil wollte hier gar nichts«, klagt die Frau. Sie jammert in ziemlich gutem Hochdeutsch. Jedenfalls hochdeutscher als wir. Und in dieser Sprache jammert sie immer weiter. Dass ihr Mann, der Friedrich, zeitlebens ein großer Bayernfan war. Fußball, Blasmusik und Berge. Und dass sie dreißig Jahre lang jeden einzelnen gottverdammten Urlaub irgendwo in Bayern verbringen musste. Ein Bayernopfer bringen nach dem anderen. Auf steinige Berge kraxeln. Verkackte Kühe kraulen. Stinkende Sennereien besichtigen. Ekelhafte Heubäder nehmen. Bigotte Kirchen besichtigen. In verrauchten Bierzelten hocken. Überhaupt diese widerwärtige Volksmusik, wohin man kommt. Wie sie das alles hier aus tiefstem Herzen hasst. Und als wäre das nicht genug gewesen, wollte der Friedrich, als er vor einem Jahr in Rente ging, unbedingt ins idyllische Allgäu ziehen. Auf seine alten Tage. Und endlich glücklich sein.

»Verständlich«, sage ich, ernte aber nur einen bitterbösen Blick.

Jedenfalls haben sie ihr schönes Haus in Bad Eulenhausen verkauft und hier bloß was gemietet. Diese mikronesische Wohnung da, wo nicht mal all ihre Möbel reingepasst haben. In diesem winzigen, gottverlassenen Bauernkaff. Weil sie den Kindern den Großteil vom Hausgeld überlassen haben. »Wie konnte ich nur so blöd sein?«, jammert die Frau Idiotenstadt an uns hin. »Keine drei Monate waren wir hier, da erlitt mein Mann einen schweren Schlaganfall und ist seither pflegebedürftig. Jetzt bleibt alles an mir alleine hängen. Unsere Kinder haben das schöne Geld längst anderweitig ausgegeben, und was ist der Dank?«

»Was denn?«, frage ich teilnahmsvoll.

»Nichts! Gar nichts ist der Dank. Nicht mal anrufen darf

man mehr bei denen«, heult die Frau. »Wenn ich bloß anrufe, vermitteln die mir sofort das Gefühl, unerwünscht zu sein. Anrufe von der eigenen Mutter – unerwünscht!«

Das ist jetzt echt schlimm.

»Und hier haben sie sich auch noch nie blicken lassen. Undankbare Kinder! Nicht ein einziges Mal haben sie mich besucht, obwohl ich in diesem blöden Dorf keine Menschenseele kenne. Ich sitze hier fest und fühle mich lebendig begraben«, jammert die Frau, was das Zeug hält. Ich krieg gleich zu viel.

»Wo ist denn jetzt der Pflegefall?«, frage ich, um sie auf andere Gedanken zu bringen.

Wie gehen nach nebenan in ein furchtbar enges Schlafzimmer.

In der linken Ecke steht ein normales Bett. Da es momentan leer ist, gehört es wohl der Frau. Darüber, in einem schiefen Wandregal, verschimmeln ein paar Taschenbücher mit den üblichen blutleeren Brunettis, Brunos und Barbarottis.

Schräg gegenüber, in der rechten Ecke, direkt unter dem Fenster, steht ein Pflegebett, mit diesem Friedrich drin. Jetzt trifft mich doch der Schlag! Das Bett ist vollständig eingerahmt von Bayernkitsch, man glaubt es nicht. Weiß-blaue Wimpel tapezieren eine ganze Wand, zwei Regale voller Maßkrüge schweben über dem Kopfende, links davon hängt ein Heiligenbild von Franz Josef Strauß, rechts davon eine Ikone von Franz Beckenbauer. Am Fußende befindet sich ein Riesenposter mit der Mannschaft von Bayern München. Der Friedrich, der das alles angesammelt hat, kriegt davon nichts mehr mit. Triefaugig starrt er in die Luft und gibt ein paar undefinierbare Töne von sich.

»Das hat er jetzt davon«, klagt die Frau mit verbitterter Miene und starrt über ihren gepflegten Friedrich weg und zum Fenster raus, auf den unverbaubaren Anblick unserer unerträglichen Allgäuer Gebirgslandschaft. Am Fußende des Pflegebetts parkt ein Rollstuhl im Halteverbot.

»Damit fahren Sie ihn gelegentlich spazieren?«, vermute ich mal, um irgendwas zu sagen.

»Wo denken Sie hin!«, widerspricht die Frau Debilental. »Bei all den Steigungen hier kann ich meinen Mann doch keinen Meter weit alleine fortbewegen.«

Na, dann eben nicht. »Und mit dem Auto?«

»Ich habe nie den Führerschein gemacht. Das war in meiner Generation nicht üblich«, sagt die Frau.

Die Minna nickt. »Das hat man davon, wenn man sich auf die Mannsbilder verlässt«, sagt sie und deutet auf den Friedrich, der in seinem Bett liegt und uns völlig verständnislos anstiert. Ab und zu stößt er ein paar Grunzlaute aus. Wenigstens singt er nicht.

Derweil inspiziert die Minna die Vorrichtungen und Medikamente und was so alles da rumsteht und macht sich Notizen. Auch hier hängen Pissbeutel, auch hier liegt das ganze eklige Sanitärzeugs rum.

Ich mag das gar nicht sehen und blättere stattdessen in den rumliegenden Prospekten. Katholische Sozialstation, Essen auf Rädern, »Apotheken Umschau«, Sanitätshauskatalog. Dementine. Wie gehabt.

»Ich ertrage das alles nicht mehr«, jammert die Frau schon wieder und starrt trotzdem weiterhin auf den völlig unerträglichen Falkenstein am fernen Horizont.

»Wie wär's mit der Dementine?«, frag ich und halte ihr den Prospekt vor die Nase.

»Pflegeheim ganz bestimmt nicht«, entgegnet die Frau Trottelberg in einem stark empörten Tonfall.

»Den Prospekt haben Sie ja offensichtlich schon«, gebe ich zurück.

Das Erzbischöfliche Seniorenstift zur heiligen Dementine liegt gleich im Nachbarort St. Pottsau. Im Volksmund nur Dementine genannt.

»Haben Sie da mal reingeschaut«, fragt mich die Frau, »was das kostet?«

Ich schüttle den Kopf. Wozu auch.

»Außerdem war nie geplant, dass einer von uns den anderen in ein Pflegeheim abschiebt«, entrüstet sich die Frau. »Okay, so wirklich offen haben wir darüber zwar nie gesprochen, aber es ist doch ganz selbstverständlich, dass man für seinen Ehepartner so lange da ist, wie es nur irgend möglich geht. Oder?«

Dazu sag ich jetzt mal nix, und die Minna inspiziert nochmals unglaublich penibel sämtliche vorhandenen Medikamente. Wir versichern der Frau Dummweiler, dass sie schnell und unbürokratisch alle nötigen Pillen und Utensilien bekommt. Per Hauslieferung von der Apotheke in St. Pottsau, die sämtliche Rezepte bei uns in der Praxis abholt und die Bestellungen am nächsten Tag ausfährt. Viel mehr können wir im Moment nicht tun.

»Vielleicht sollten Sie nach Österreich ziehen«, empfehle ich zum Abschied und schließe schnell die Tür.

9

Wie ich endlich heimkomm, steht mein Mann am Herd und kocht. Mit meinem Mann, dem Rudi, ist das so eine Geschichte. Beide sind wir hier in den Dörfern aufgewachsen und kennen uns aus der Schule, damals aber nur so vom Sehen. Der Rudi ist ein paar Jahre älter als ich, und er ist lang vor mir aus Soichgrub weggezogen, um beim FC Augsburg eine Karriere als Fußballprofi zu starten. Zwar nur in der zweiten Liga, aber immerhin. Wie ich in Augsburg meine Ausbildung gemacht hab, sind wir uns dann gelegentlich über den Weg gelaufen. Ich bin meiner armen Mutter, Gott hab sie selig, immer noch dankbar, dass sie mich nach der Schule aus unserem gottverlassenen Hinterfötz im Hinterfötztal fortgeschickt hat, weit weg, nach Augsburg, wo ich in einer großen Gemeinschaftspraxis meine Ausbildung gemacht hab.

Der Rudi war ein Fußballer, wie er im Buch steht, und genauso ein Hallodri. Er hat alles vernascht, was nicht schnell genug aus dem Strafraum raus war, einschließlich mich. Und ich war nicht viel besser. In meiner Augsburger Zeit hab ich nix anbrennen lassen und mich nach Leibeskräften ausgetobt. Ich hatte Hummeln im Arsch, wie man so schön sagt, und bin damit immer nur an die größten Hallodris geraten. Fußballer hatten es mir angetan, Sportler überhaupt, und Musiker. Damals war ich das wildeste Groupie im ganzen Allgäu. Jeder, der irgendwie eine Gitarre halten konnte, und sei es auch nur eine Luftgitarre, hatte bei mir Chancen. Fast jeder. Also, groß sollte er schon sein, und schlank natürlich, aber das waren sie alle damals, in unserem Alter. Dann noch dunkelhaarig, möglichst mit einer wilden langen Mähne, und unrasiert. Und damals wie heute tun mir immer noch eine Hakennase und ein markantes Kinn gut gefallen. Zum Glück gibt's bei uns in Bayern eine reichhaltige Auswahl an solchen

Mannsbildern. Und ich hab reichhaltig ausgewählt. Mein lieber Scholli.

Auch mit dem Rudi, der in dieses Suchschema genau reingepasst hat, hab ich mich also damals gelegentlich getroffen, nur ganz unverbindlich, versteht sich, wenn mal kein Musiker greifbar war. Nicht, dass wir irgendwelche gemeinsamen Zukunftspläne geschmiedet hätten, Gott verhüt! Wir haben überhaupt nicht viel geredet. Wir waren uns eigentlich nur in einem einig: Nie wieder zurück nach Soichgrub, Heufricken und wie diese gottverlassenen Bauernkäffer alle heißen. Nie wieder dahin, wo der Hund begraben liegt. Aber erstens kommt es anders, und zweitens war die Party urplötzlich im wortwörtlichen wie auch im transdentalen Sinne vorbei.

Nach einer lautstarken, durchsoffenen und durchtanzten Nacht kam ich zu spät zurück ins Bierzelt, weil vor dem Frauenklo, was wie immer bei Gelegenheiten dieser Art nur so ein ekelhafter Baucontainer war, eine pissende Endlosschlange stand. Und dann war es zu spät. Die Musi war aus, im Zelt brannte grelles Putzlicht, und die Band, mit der ich hinterher noch irgendwohin auf die Piste wollte, hatte eingepackt und war verschwunden. Vor dem Zelt stand nur noch der Rudi und hat geraucht, was man als Sportler eigentlich nicht soll, aber er hat geraucht und hat gesagt: »Na, Liesel, jetzt sind nur noch wir zwei übrig.« Und recht hat er gehabt.

Beim Katerfrühstück am nächsten Morgen in seiner nach verschwitzten Trikots stinkenden Junggesellenfußballerbude war uns beiden klar: Alle anderen sind schon unter der Haube. Der Reihe nach hatten sie geheiratet, eine Familie gegründet und waren weggezogen. Wir zwei Übriggebliebenen waren der traurige Rest, der im Schweiße alter Socken einen traurigen Morgen in der noch traurigeren Bude eines todunglücklichen Fußballers verbrachte, weil der gefeierte Mittelstürmer Rudi Sumpfmoser die längste Zeit seines Lebens ein Fußballer gewesen war, weil nämlich sein Profivertrag nicht mehr verlängert worden war. Zu alt. Aber das Allertraurigste war, dass nur noch eine einzige Dose Bier im Kühlschrank stand. Und als uns die Trauer hierüber endgültig übermannte, stiegen wir ein letztes Mal an diesem Tag miteinander in die Kiste, genauer gesagt, auf eine alte Matratze auf dem Fußboden.

Als ich irgendwann später nach Hause gehen wollte, war eine Nachricht auf meiner Mailbox. Mit der Stimme vom Vatter: »Liesel, bitte, komm heim, die Mutter stirbt.«

Der Rudi hat mich gleich am selben Tag nach Hinterfötz im schönen Hinterfötztal mit der weltbekannten Aussicht auf die Fötztaler Alpen gefahren. Das Navi hat uns noch gewarnt. Je näher wir dem Tal gekommen sind, desto lauter hat es geschrien: »Stopp! Anhalten! Sie fahren in eine total beschränkte Zone! Das Ziel ist eine Sackgasse! Bei der nächsten Möglichkeit bitte wenden und nix wie weg!«

Aber es war zu spät. Im Rudi seinem schneidigen Playboy-Cabrio standen wir plötzlich da, wo kein Weg nicht weitergeht. Da, wo wir nie wieder hingewollt hatten. Am Arsch der Welt. Da, wo der Hund begraben liegt.

10

Es gibt komische Religionen mit total abstrusen Vorstellungen. Zum Beispiel beim Hirsutismus, dessen Anhänger daran glauben, dass sich alles immer und immer wieder wiederholt. Die ganze Weltgeschichte nimmt ein End und geht gleich wieder von vorne los, und das Leben von einem jeden Einzelnen dreht sich in einer ewigen Wiederholungsschleife. Für mich ist das eine ganz grausliche Vorstellung. Ich mag das gar nicht glauben, aber wenn diese Prophezeiung irgendwo auf der Welt schon eingetroffen ist, außer natürlich beim Fernsehprogramm, dann ganz bestimmt im Laden von der Witwe Gertrud Knoblauch.

Wie ich heut bei ihr reinkomm, stehen wieder zwei Touristen drin und halten den Betrieb auf. Wieder sind es Schwaben – was auch sonst? Wobei man zwischen Schwaben und Schwaben peinlich genau unterscheiden muss. Komplizierterweise gibt es bei uns in Bayern den Regierungsbezirk Schwaben mit der Hauptstadt Augsburg, und dieser Bezirk zieht sich runter bis ins Allgäu, also bis zu uns. Wir sind deshalb noch lange keine Schwaben, ganz im Gegenteil, sondern selbstverständlich waschechte Bayern. Diese beiden Schwaben da, die grad so blöd vor mir in Witwe Knoblauchs Laden rumstehen, kommen unüberhörbar aus Württemberg, aus der Stuttgarter Gegend. Und Angehörige dieses Stammes waren schon immer gern der Meinung, sie hätten unser schönes Allgäu für sich allein gepachtet. Bloß, weil sie es bezahlt haben. So ein Schmarrn. Trotzdem fallen in der Hauptsaison bei uns scharenweise Schwabenhorden ein. Und wir, die bayrischindigene Urbevölkerung, die eigentlichen *first-nation-people* im Allgäu, wir können schauen, wo wir bleiben. Jedenfalls ist das so in den besser erschlossenen Touristenhochburgen. Zu uns nach Hinterfötz und Soichgrub verirren sich bestenfalls irgendwelche Durchwanderer und Tagestouristen, dementsprechend mies ist auch das touristische Angebot. Die Bauern sind aber auch selbst dran schuld. Sogar der dämlichste Esslinger oder Sindelfinger hat seine berechtigten Zweifel daran, dass es sich bei einem Schweinerülpser, einem Bauernfurz oder einer lautstark hochgezogenen Rotznase mit anschließendem Auskotzen auf dem Hof um klassische Naturgeräusche handelt. Und selbst der beknackteste Stuttgarter lässt sich ein Plumpsklo zwischen Misthaufen und Kirchturm nicht als ökomenische Wellnesskur für den Zwölffingerdarm verkaufen. Jedenfalls heut nicht mehr. Früher schon. Bei uns in Heiterbach geht es jedoch leider immer noch reichlich rustikal zu, um nicht zu sagen, primitiv. Noch primitiver ist es nur in Österreich.

Wenn man es nicht besser wüsste, könnte man die zwei Schwaben vor dem Zeitungsregal in Witwe Knoblauchs Laden für ganz normale Menschen halten. Sind sie aber nicht. Es handelt sich um zwei mittelalterliche Schnösel mit Mercedes und in den teuersten Outdoorklamotten, die man sich nur vorstellen kann. Wie aus einem Katalog entsprungen. Mit ihren aufgeblähten Rucksäcken füllen sie den halben Laden aus und reden dummes Zeug.

»Guck einmal, Eugen, hascht du so ebbes au schon einmal gesähen?«

Der Eugen hat es nicht gesehen. »Was meinscht du denn, Karle, was soll i gesähen haben?«, fragt er.

Ich hab es auch nicht gesehen, also schaue ich zwischen den beiden durch, so gut es geht. Der Karle hat eine Frauenzeitung aufgeschlagen und hält sie dem Eugen hin.

»Ha, guck dir des einmale an, Eugen, was die Weiber so älles onder ihre Blüsle dronter anhaben. Do, guck einmol!«

Der Eugen guckt. Ich auch.

»Einen Minimizer-BH hat die da an! Ja, glaubscht des au?«, empört sich der Karle.

»Ond für was soll des gut sei?«, fragt der Eugen.

»Des ischt«, liest der Karle aus der Zeitung vor, »wenn

eine zu viel Oberweite hat. Der Minimizer-BH reduziert die Oberweite um mindeschtens zwei Größen.«

Der Eugen glotzt verwundert auf das Bild. »I hab gar net gewusst, dass eine überhaupt zu viel Oberweite haben kann. Also, für mich bräucht's des net, so a Minimizer-Dings. Wegen mir kann die Oberweite gar net groß genug sei!« Die beiden schauen sich an, dann erschallt ein dämliches Männergegröle, welches schlagartig verstummt, als ich mich mit meiner eingebauten Oberweite von hinten zwischen sie schiebe.

»Au, des tut mir jetzt leid«, sagt der Eugen. »Mir häben Sie gar net kommen hören, Fräulein.«

»Des macht nix, des passt schon«, sage ich verständnisvoll. »Mir persönlich kann es auch gar nicht groß genug sein. Und vor allem lang«, sage ich, und die zwei kriegen ganz große Augen. Ich schnappe mir einen Modekatalog und suche nach einer Seite mit Männerhosen, die ich den beiden unter die Nase halte. »Da schauen S' mal das hier«, sage ich und deute auf die nächstbeste Männerhose.

»Was soll mit der Hose sei?«, fragt der Eugen.

»Ja schauen S' halt mal auf die Innenbeinlänge. Die wäre so recht nach meinem Geschmack.«

»Innenbeinlänge?« Die zwei glotzen sich verständnislos an.

»Hascht du schon einmal so ebbes geläsen, Karle, mit der Innenbeinlänge?«, fragt der Eugen.

»Ha noi, Eugen«, gibt der Karle zu, und beide glotzen ratlos zwischen dem Prospekt und meiner Oberweite hin und her.

»Also, mit Innenbein bezeichnet man«, flüstere ich in verschwörerischem Ton und schau mich dabei um, damit uns ja niemand belauscht, »mit Innenbein bezeichnet man in diesen Katalogen den, na, Sie wissen schon, den Dingsda eben. Verstehen S'?«, frage ich und deute mit dem Kopf nach unten in die entsprechende Richtung.

»Noi«, tönt es wie aus einem Mund.

»Das solltet's ihr aber wissen als rechte Mannsbilder, das ist nämlich wichtig. Ausgesprochen wichtig sogar«, kläre ich sie weiter auf. »Wenn die Innenbeinlänge bei so einer Hose nicht ganz exakt stimmt, kann das ganz dramatische Folgen haben. Da kann der Dingsda bös eingeklemmt und übel zugerichtet werden. Im Extremfall wird er sogar vollständig zerquetscht! Wenn's ganz dumm läuft, stirbt er ab und … tja«, sage ich mit Leichengräbermiene.

»Oje!«, jammert der Eugen. »Und auf was genau muss man bei dieser Innenbeinlänge besonders achten?«

»Na, auf die richtige Größe natürlich«, erkläre ich hilfsbereit. »Sie brauchen bloß zu lesen, was da steht. Bei dieser Männerhose da zum Beispiel beträgt die Innenbeinlänge siebenundsechzig Zentimeter. Und bei der anderen daneben sind es vierundsiebzig. Wenn die Länge nicht ganz exakt zu Ihrem Dingsda passt, dann: auweia«, schiebe ich hinterher.

Die Schwaben schauen völlig deppert drein. Das gefällt mir. Sehr sogar. Dann verpass ich ihnen den Todesstoß. »Das ist wie mit Ihnen und der Oberweite, meine Herren«, sage ich und schiebe meine Brüste vor. »Auch uns Frauen kommt es auf die Größe an, und das, was Sie hier sehen, das wär ein ordentlicher Durchschnittswert«, sage ich und zeige auf die Hosenbilder. »Drunter braucht man im Grund genommen erst gar nicht anfangen, überhaupts zu diskutieren.« Die beiden Schwaben schauen total belämmert an sich runter.

»Siebenundsechzig Zentimeter?«, lamentiert der Eugen. Der Karle schüttelt nur seinen blöden Kopf und sagt gar nix mehr. Schließlich werfen sie einen letzten schmerzerfüllten Blick auf meine Oberweite und trotten wie die kastrierten Pudel davon.

Denen hab ich den Tag mal gründlich versaut, freu ich mich. Endlich ist der Laden leer. Aber ganz so leer sollte er irgendwie auch nicht sein, denke ich. Wo ist heut eigentlich die Gertrud?, überlege ich weiter und schau mich um. Keine Gertrud weit und breit.

»Gertrud!«, rufe ich ein paarmal, aber keine Gertrud taucht auf. Also beschließe ich nachzusehen. Besser ist besser. Ich presse mich am Tresen vorbei in den hinteren Ladenteil. Ins Privatabteil, sozusagen. Als ich dort um die Ecke schau, krieg ich einen Riesenschreck. Die Gertrud liegt rücklings auf dem Boden, um ihren Kopf schwappt eine riesen Blutlache. Spontan schreie ich laut um Hilfe. Aber das wird nix nützen, durchfährt es mich. Die Schwaben habe ich verjagt, die sind auf und davon, und sonst ist niemand weit und breit. *Reiß dich zusammen, blöde Kuh,* reiße ich mich zusammen, *das ist doch weiß Gott nicht das erste Mal, dass du eine Schwerverletzte siehst.* Also hole ich tief Luft, krame das Handy aus meiner Handtasche und wähle den Notruf. Aber bis der Sanka von Pfronten hier heraußen ist, das kann dauern. Bei uns in der Praxis brauch ich es erst gar nicht zu probieren. Dem Doktor kann man so was nicht mehr zumuten, außerdem käm er auch gar nicht bis hierher raus, weil ich ja sein Auto hab.

Okay, jetzt bist du dran, Liesel, sage ich zu mir und knie mich zu der Gertrud runter. Auf Ansprechen reagiert sie nicht. Ich tätschle ihre Wangen. Nix. Dann ein paar leichte Watschen. Wieder nix. In einer Ecke find ich eine Flasche altes Bier, halb voll. Die schütt ich ihr über den Kopf. Nix. Puls fühlen, Liesel, los, fühl ihr den Puls!

Ich greife um ihr Handgelenk und spüre sofort, dass das sinnlos ist. Kein Puls zu spüren. Nirgends. Tot. Oder auch nicht. Denn so ziemlich alles, was bei einem normalen Menschen zum Pulsfühlen geeignet wär, der Hals oder die Handgelenke oder notfalls eine Ader am Sprunggelenk, all das wird bei der Gertrud von einem dicken Speckmantel umhüllt. Ackergaul im Speckmantel, schießt es mir durch den Kopf, und es ärgert mich fast, dass mir in einer todernsten Situation ein solcher Blödsinn einfällt. Aber wie soll einem auch was Vernünftiges einfallen, wenn der eigene Ehemann den ganzen Tag lang Kochsendungen glotzt?

Was jetzt? Bestimmt zieht gleich mein ganzes bisheriges Leben im Schnelldurchlauf an mir vorbei. Das passiert angeblich, wenn man den Tod vor Augen hat. Auf gar keinen

Fall will ich das, denke ich, das wär ja noch viel schlimmer als die Prophezeiung des Hirsutismus.

Also Wiederbelebung. Ich beuge mich über die Gertrud, lege ihr meine Hände auf die Brust und drücke, was ich kann. Die Gertrud hat echt die Statur eines Nilpferds und liegt dummerweise total verquer in dem dunklen engen Flur hinter ihrem Laden. Mit meinem ganzen Körpergewicht werfe ich mich ihr aufs Brustbein, wie ich es vor hundert Jahren mal gelernt hab, bis mir die Puste ausgeht und ich nicht mehr kann. Nix war's. Scheiße.

Ich muss verschnaufen, hebe den Kopf und sehe die Klotür. Vielleicht ist ihr schlecht geworden, der armen Gertrud, von ihrem alten Käs, den sie komplett selbst frisst, wenn er abgelaufen ist? Sie bringt es nicht übers Herz, etwas wegzuschmeißen, die Arme.

Nach einer halben Ewigkeit ertönt aus der Ferne das Martinshorn. Das Geräusch wird schnell lauter. Zwei Sanitäter kommen durch den Laden zu mir gerannt. Einer sagt genervt: »Sie schon wieder!«, dann schiebt er mich aus dem engen Flur raus ins Freie.

Ich bin total fertig. Außer Atem renne ich an die frische Luft und falle dabei einem Polizisten in die Arme. Der trägt eine Uniform, die ihm ganz ausgezeichnet steht, und hält mich fest, bevor ich einen Typ umrennen kann, der genau hinter ihm steht. Er guckt dumm und stellt sich als kleiner, dicker, fetter Kriminaler vom LKA München vor.

»Geht's wieder?«, fragt der Polizist, der mich immer noch festhält. Ziemlich fest sogar. Er hat ein paar Streifen auf der Uniform, vermutlich ein Streifenpolizist. Allgemein hab ich mit Polizei noch nie viel angefangen und daher auch noch nie was mit einem Streifenpolizisten. Aber dieser hier ist groß, hat eine Hakennase, schwarze Haare und …

»Die Gertrud«, stammele ich und zeige auf den Laden.

Der Kriminaler schaut kurz rein, ist aber gleich wieder raus. »Das ist nix für uns«, sagt er brummig.

»Was machen Sie dann hier?«, frage ich.

»Sie haben die 110 gewählt. Das geht über unsere Zentrale, die schicken dann immer gleich Polizei hin. Und wenn's der letzte Käs ist«, erklärt mir der Streifenpolizist. Und dass sie bloß grad zufällig in der Gegend waren, wegen was ganz anderem. Und dass sie auch gleich weiterwollen. Also, eigentlich jetzt.

»Können wir Sie irgendwohin mitnehmen?«, fragt mich der Polizist.

Im Grunde hätt ich ja den BMW dabei, aber wieso eigentlich nicht? Ich nicke und steige ein. »Zur Praxis Dr. Steinkauz, bittschön«, sag ich vom Rücksitz vor, wie das Polizeiauto losfährt.

»Interessant, da wollten wir auch grad hin«, sagt der Kriminaler.

»Wieso denn das?«, frag ich. »Ist was passiert?«

»Wir ermitteln in einer Angelegenheit, die auch Arztpraxen betrifft«, sagt der Dicke. »Mehr dazu erst, wenn wir da sind, sonst muss ich wieder alles dreimal erklären.«

Wie reizend.

11

»Es geht um den Münchner Arbeiterstrich«, beginnt der Kriminaler, als wir alle in der Praxis um ihn herum versammelt sind. »Wie so vieles andere Miese und Gemeine auch, ist das ursprünglich eine Erfindung aus Berlin, die sich inzwischen über Köln, Frankfurt und natürlich Stuttgart bis zu uns nach Bayern runter ausgebreitet hat«, bekommen wir erklärt.

»Geil«, sagt der Aasgeier.

»Kruzitürken«, sagt die Minna.

»Das kapier ich nicht«, sag ich. »Welche Frau hat's denn nötig, sich einen ungewaschenen Arbeiter von der Straße zu holen und dafür noch zu bezahlen?« Die Diätlind vielleicht, beantworte ich mir selbst die Frage, sag aber nichts.

»Es geht nicht um das, an was Sie grad denken«, sagt der Kriminaler und grinst mich dämlich an. »Es geht tatsächlich um Arbeit. Um billige Schwarzarbeit, die von illegalen Kräften aus dem Osten erbracht wird.«

Dann erfahren wir Einzelheiten. Über Schlepperbanden, die tonnenweise naive und gutgläubige Arbeitskräfte aus Nordpolen, Lampukistan oder Tsatsikistan in den ach so goldenen Westen verschleppen und sie dort auf die Straße schicken. In Berlin ist es die Beusselstraße, in Stuttgart die Königstraße und so weiter und so fort. Die Arbeiter postieren sich an diesen Straßen, und der Kunde erkennt an dem hochgehaltenen Werkzeug, was der bereitstehende Arbeiter anzubieten hat.

Ein Pinsel in der Hand bedeutet logischerweise: Maler.

Ein Kochlöffel? Koch.

Ein Kreuzschlitz bedeutet? »Priester!«, ruft der Aasgeier.

Ein Bierkrug bedeutet? »Alkoholiker!«, schreit die Minna.

Ein schwarzer Talar bedeutet? »Anwalt!«, rufe ich.

»Nein, Kinderschänder!«, übertönt mich die Minna.

Ein Besen bedeutet? »Putzfrau! Nein, Hexe!«

»Maul halten!«, schreit der Kriminaler plötzlich aufgebracht und haut mit der Faust auf den Tisch.

»Studienrat!«, rufen wir zusammen wie aus einem Mund.

Aber die beiden Polizisten scheinen überhaupt keinen Spaß zu verstehen. Sie gucken jetzt so grimmig, dass wir unser heiteres Beruferaten stoppen und tatsächlich das Maul halten.

Neuerdings, so bekommen wir erklärt, findet auch immer mehr medizinisches Personal auf diesem Weg den selbigen in den Westen. Vor allem Pflegekräfte, die in Heimen und bei Privatleuten mit häuslichen Pflegefällen weggehen wie warme Semmeln. Aber auch billiges Hilfspersonal für Arztpraxen, Sozialstationen und für private Pflegedienste steht hoch im Kurs.

»Da habt ihr's gehört«, sagt der Doktor und schaut uns dämlich an. »Wenn ihr mir weiters auf die Nerven geht, fahr ich nach Stuttgart und hol mir zwei junge Hübsche aus Transsylvanien!«

»In diesem Fall möchten wir Sie bitten, sich rechtzeitig bei uns zu melden«, sagt der Kriminaler bierernst und gibt der Minna seine Karte. »Außerdem«, erklärt der Dicke weiter, »außerdem scheint es, dass in diesem Zusammenhang ein schwunghafter Handel mit illegalen Medikamenten stattfindet.«

»Anabolika und Viagra«, weiß der Aasgeier zu berichten, woher auch immer. »Im Ausland kriegt man das an jeder Ecke nachgeschmissen, und hier wird es dann teuer verkauft.«

»Also, in deinem Alter hab ich noch kein Viagra gebraucht«, brummt der Kriminaler, woraufhin der Streifenpolizist einwirft, dass ein paar Anabolika unserem jungen Spargeltarzan nicht schaden könnten.

»Unsere Ermittlungen stehen allerdings erst am Anfang. Nix Genaues weiß man noch nicht«, bedauert der Kriminaler dann. »Jedenfalls ist da irgendeine Riesensauerei am Laufen. Das hab ich im Gefühl. Wir werden schon noch dahinterkommen.« Mit einem qualvollen Ächzer erhebt sich der Dicke endlich vom Stuhl, auf den er sich zuvor ebenfalls stöhnend niedergelassen hatte.

Abschließend wollen die Polizisten noch wissen, ob wir im Rahmen unserer Praxistätigkeit vielleicht etwaige Beobachtungen in die eine oder andere Richtung gemacht hätten. Da wir aber nie Beobachtungen in keine Richtung nicht machen, schütteln wir bloß die Köpfe.

»Nun gut. Schade eigentlich. Dann gehen wir mal. Wir müssen weiter nach Kempten, ins dortige Rotlichtmilieu«, will sich der Kriminaler jetzt verabschieden und manövriert seine Wampe Richtung Tür. Doch weit kommt er nicht

»Ja, des glaub ich jetzt nicht«, stoppt ihn unser Doktor im lautstarken Brustton der Empörung. »Seit wann gibt's bei uns in Kempten denn ein Rotlichtmilieu? Des ist doch vollkommen unmöglich, ist des. In Kempten hat's noch nie ein Rotlicht nicht gegeben, seit ich denken kann.« Der Doktor stammt aus Kempten, war aber schon länger nicht mehr dort.

»Das weiß doch mittlerweile ein jeder, dass es in Kempten einen Puff gibt«, klärt der Kriminaler den entsetzten Doktor auf, »und zwar direkt neben der dortigen Polizei.«

Der Doktor fasst es nicht. »Früher hätt's so was nicht gegeben«, brummt er leise.

»Ja, früher«, sagt der Polizist, »früher, wie die Gummistiefel noch aus Holz waren.«

Der Doktor starrt nur noch völlig bedeppert vor sich hin. Wie er so dahockt, könnte er einem mal wieder richtig leidtun, aber dazu bin ich momentan nicht in der Lage. Mein Kopf ist eingeschlafen. Benommen stehe ich von der Untersuchungsliege auf, wo ich die ganze Zeit gehockt bin. Mist. Mein rechtes Bein schläft auch, und ich halte mich einen Moment lang an dem Polizisten fest. Der stützt mich für ein paar Schritte, dann bleibt er plötzlich stehen, schaut in eine Ecke hin und fragt: »Was ist das für eine Waffe da?«

Der Doktor dreht sich langsam um und guckt in dieselbe Richtung, dann sagt er beschwichtigend: »Das ist gar keine Waffe nicht, das ist mein Jagdgewehr.«

»Und des lassen Sie einfach hier in der Praxis rumstehen?«

Ich schau dahin, wo er hinschaut, aber da, wo es grad eben noch gestanden hat, steht es nicht mehr, das Gewehr.

Der Aasgeier hat es sich geschnappt, legt es an seiner Backe an und zielt damit in der Gegend herum. »Cool!«, schreit er. »Voll geil, ein Gewehr! Ist das auch wirklich echt?«

»Das ist so echt wie die Backpfeifen, die du gleich von mir kriegst, wenn du das nicht sofort wieder an seinen Platz zurückstellst«, sagt der Kriminaler in drohendem Ton, und jeder merkt, dass es ihm ernst ist.

Außer dem Aasgeier. Der zielt munter weiter in der Praxis rum, jetzt auch auf uns. Langsam schwenkt er den Gewehrlauf über unsere Köpfe, dann zielt er wieder zum offenen Fenster raus, wo ein paar Raucher stehen.

»Leg die Waffe weg«, zischt der Kriminaler erneut und sieht mit seinem fetten Kopf und dem unsichtbaren Hals aus wie ein Ochsenfrosch kurz vor dem Sprung.

»Feigling!«, schreit plötzlich die Minna, und gleich noch einmal. »Feigling! Feigling!«

Der Aasgeier schwenkt den Lauf Richtung Spiegel, der über dem Handwaschbecken hängt, und drückt ab.

Klick.

Wie vom wilden Affen gebissen rennt der Kriminaler los und reißt dem Aasgeier das Gewehr aus der Hand. Er guckt irgendwas nach, wahrscheinlich, ob es auch wirklich nicht geladen ist, dann gibt er es dem Streifenpolizisten und wendet sich langsam dem Aasgeier zu. »Na, warte, Bürscherl«, knurrt er mit hochrotem Kopf und sieht dabei aus wie unser früherer Ministerpräsident. Dann macht er mit seiner ganzen kriminellen Energie einige Schritte Richtung Praktikant. Nur mit der Minna hat er nicht gerechnet.

Die stellt sich dem Angreifer entgegen und schreit: »Lassen Sie mir ja den Bub in Ruh!« Dazu kickt sie ihm gegen sein Knie, dass der Dicke nur so schreit.

Der Schmerz bringt ihn für den entscheidenden Moment aus dem Konzept. Bis er die Minna schließlich mit seinem fetten Ranzen umrundet hat, ist der Aasgeier schon zur Tür und hoffentlich auch zur Praxis raus. Gott sei Dank.

Die Polizisten sind fix und fertig mit uns. Entnervt geben sie auf. »Das hier ist keine Praxis, das ist ein Irrenhaus«, brummt der Kriminaler, während ich mich endgültig bei dem Streifenpolizisten unterhake. Nicht, dass das nötig gewesen wäre, aber es fühlt sich total gut an. Gemeinsam fahren mich die beiden Beamten in ihrem Streifenwagen nach Hause.

»Halten Sie die Augen auf, Liesel«, sagt der Streifenpolizist, als wir alle drei vor meiner Haustür stehen.

Ich blinzle ihn an und schlage vor, dass man die Praxis und speziell mich ja für die nächste Zeit unter besonderen Polizeischutz stellen könnte.

»Des tät ich tatsächlich liebend gerne«, antwortet der Kriminaler, der schon die ganze Zeit auf meine Oberweite geglotzt und gemeint hat, ich würde es nicht merken. »Aber wenn ich so in meinen Terminkalender schau, muss ich Sie leider enttäuschen, liebe Frau Sumpfmoser. Auch wenn es mir noch so leidtut.«

Da hat mal wieder der Falsche das Falsche in den falschen Hals gekriegt, denke ich. Aber das kennt man ja.

12

Am nächsten Morgen beschließe ich, auf den gestrigen Schreck hin auszuschlafen und erst später in die Praxis zu gehen. Wenn überhaupt. Als der Wecker schellt, hau ich ihm eine rein und dreh mich noch mal um. Drei Minuten später schellt es wieder, aber diesmal kommt der Ton leider von der Haustür. Als ich nicht schnell genug aus dem Bett komm, wird daraus ein Sturmgeläut. Ich renn so die Treppe runter, wie ich bin, halb nackt, und öffne die Tür. Vor ihr steht der Streifenpolizist von gestern.

»Bin ich zu früh gekommen?«, fragt er mich unsicher.

»Keine Ahnung, woher soll ich das wissen? Mit Ihnen hab ich überhaupt gar nicht gerechnet, heut«, sage ich verschlafen.

»Wir hatten gestern ausgemacht, dass ich heut Vormittag vorbeikomme und Ihnen ein paar Fotos zeige«, sagt er unbeirrt. Na, der geht aber ran.

»Fahndungsfotos.«

Aha.

»Ja, ist denn heut schon Vormittag?«, frage ich schläfrig.

Der Polizist behauptet, dass ja, und stellt sich als Oberkommissar Alexander Mausigel vor, aber ich soll Alex zu ihm sagen.

»Alex«, sag ich zu ihm, »also, komm rein, aber ich hab überhaupt nicht mit Polizei gerechnet, grad eben, und hab deshalb bloß grad dieses saudünne Dahoamrum-Nachthemderl an«, sag ich weiter und geh voraus und vor ihm die Treppe hoch.

»Das stört mich nicht«, sagt der Alex, »aber ein Kaffee dazu wär nicht schlecht.«

Wir setzen uns an den Holztisch in unsere Wohnküche, ich mach Kaffee, und der Alex legt so einen neumodischen Tablettencomputer auf den Tisch.

»Das sind die Drahtzieher«, erklärt er mir, als sein Kaffee vor ihm steht. »Jedenfalls, soweit sie uns bekannt sind.«

Ich starre die Bilder an. Die Typen darauf hab ich noch nie gesehen. Auch viele Frauen sind dabei.

»Und das sind alles Schwaben?«, will ich wissen.

»Na, da ist alles vertreten«, sagt der Alex. »Berliner, Hessen, Bayern. Und natürlich Unmengen von Ossis und anderen Ausländern.«

Logisch.

»Bei uns in Heiterbach wirst du kein Glück haben«, sage ich verschlafen und gähne lautstark.

»Das ist noch nicht raus«, sagt der Alex und guckt mich irgendwie komisch an.

In diesem Moment geht die Küchentür auf, und mein Mann kommt rein. Er hat eine völlig zerbeulte Boxershorts an, die ihm bis zu den Kniekehlen runterhängt, sein Ranzen liegt frei, und auch sonst sieht er ziemlich scheiße aus, am frühen Morgen. Weil er nur diese unmöglichen kurzen Hosen anhat, sieht man das fehlende linke Bein, das er momentan durch einen Stock ersetzt. Er murmelt ein schlaffes »Morgen ...«, lehnt sich gegen die Arbeitsplatte, gießt sich einen Kaffee in die Tasse und zieht sich ein paar Züge seiner Elektro-Zigarette rein.

Nicht mal rauchen kann er noch wie ein normaler Mensch, denke ich resigniert.

Als der Rudi den Alex in seiner Uniform entdeckt, fragt er kurz angebunden: »Hat sie was umgefahren?«

»Na, alles in Ordnung«, beruhigt der Alex ihn, der Rudi kippt seinen Kaffee runter und verschwindet wieder durch die Tür.

»Was war denn das?«, fragt der Alex, als der Rudi fort ist.

»Mein Mann. Oder das, was von ihm übrig ist«, antworte ich niedergeschlagen.

»Was ist passiert?«, fragt der Alex, also erzähl ich ihm die Geschichte.

Dass der Rudi mal ein Profi-Fußballer und ein richtiggehend imposantes Mannsbild noch dazu war. Und dass er nach seiner Fußballerzeit in Augsburg anschließend eine

Stelle beim HFC Heiterbach 1999 als Trainer bekommen hat. Sogar als Trainer für alles, weil er dort der einzige Trainer überhaupt war. Also für Bergsteigen, Fußball, Tennis, Ski, Sackhüpfen und so weiter. Und dass er vor ein paar Jahren einen fürchterlichen Sportunfall hatte. Bei einem Ferienkurs für schwerbehinderte Schwaben hat ihm ein sehblinder Bergsteiger aus Stuttgart seinen Eispickel in die Kniekehle gerammt, dass alles zu spät war. Wegen Schneefall und Nebel konnte man den Rudi erst nicht schnell genug vom Berg runterschaffen, aber dann hat man in unserer Klinik hier, ich darf nicht sagen, welche genau das war, da hat man nicht schnell genug erkannt, dass sämtliche Aorten in Rudis Kniescheibe zerfetzt waren. Wie man es schließlich dann doch gemerkt hat, war es schon Nacht. Erst am nächsten Morgen konnte man ihn nach München in die Uniklinik fliegen, aber da war es für das Bein natürlich längst zu spät. Es konnte nur noch amputiert werden. Seither humpelt der Rudi mit einer Prothese rum oder geht am Stock.

»Auweh«, sagt der Alex teilnahmsvoll. »Und wie ist es weitergegangen?«

»Als er nach der Klinik und der ganzen Reha und so wieder einigermaßen auf den Beinen war, also, eigentlich ja nur auf einem Bein, da ist er depressiv geworden, der Rudi«, erzähle ich. »Erst hab ich das gar nicht recht gemerkt, aber dann hat er sich immer stärker verändert, hat den ganzen Tag lang nur rumgejammert und gesagt, ohne Sport hätte das Leben keinen Sinn mehr für ihn.«

»Und dann?«

»Eines hässlichen Tages, als ich grad in der Praxis war, hat er versucht, sich das Leben zu nehmen. Eine ganze Packung Tabletten auf einmal hat er geschluckt. Arnika D 6. Mit schmerzverzerrtem Gesicht lag er auf dem Küchenboden. Der Doktor konnte ihn in letzter Sekunde mit den bewährten Rescue-Tropfen retten und hat ihn sofort in die Psychiatrie eingewiesen. Damit so was nicht noch einmal passiert. Wenn's dumm läuft, wird's der Rudi gleich noch mal versuchen, hat der Doktor befürchtet. Womöglich dann mit der verflixten Sieben von den Schüssler-Salzen! Die hat bisher noch keiner überlebt.«

»Und dann?«

»Die Psychiater haben den Rudi medikamentös eingestellt, wie man so schön sagt. Eigentlich hat das auch recht gut funktioniert. Teilweise zumindest.«

»Wieso?«

»Na ja, die Depressionen sind schon besser geworden. Er ist nicht mehr die ganze Zeit über so niedergeschlagen und will sich auch nicht mehr umbringen. Aber das Zeug hat Nebenwirkungen, du glaubst es nicht!«

»Und zwar?«

»Fett ist er geworden, der Rudi. Hast es ja gesehen. Das steht auch auf dem Beipackzettel von dem Zeug. Grad wie im Brezenbauer seiner Schweinemast«, sag ich und nehme einen großen Schluck Kaffee. »Und impotent«, murmle ich noch hinterher. Jetzt ist es raus.

»Auweh«, sagt der Alex und schweigt wieder.

Ich bin echt dankbar, dass mir ein Mensch mal nur zuhört und dass ich mein Herz ausschütten kann, einfach so. Ich gieß uns noch mehr Kaffee ein, und wir starren geistesabwesend über die Ränder unserer Kaffeetassen in die Luft. In Gedanken versunken reibt sich der Alex seinen schwarzen Stoppelbart, und ich schaue auf seinen schwarzen Stoppelbart und seine Hakennase. Plötzlich hebt er den Blick und schaut mich durchdringend an. Mich. Die Liesel Sumpfmoser, knapp unter Mitte vierzigjährige Arzthelferin aus Bad Heiterbach im Allgäu. Mit beachtlicher Oberweite. Unter den Augen der Polizei.

»Dann geht's dir grad wie mir«, sagt der Alex nach einer Weile, während er weiterhin versonnen auf meine Oberweite starrt.

»Bist du auch impotent?«, frage ich entrüstet.

»Natürlich bin ich nicht impotent, Liesel, wo denkst du hin! Ich bin alles andere als impotent, aber meine Frau …«

Aha. Jetzt kommt's.

»Meine Frau«, fängt der Alex an zu jammern wie ein kleines Kind, dem man sein Spielzeug weggenommen hat – aber so ist das wohl auch für die Mannsbilder –, »meine Frau ist so tiefgekühlt wie ein Drei-Sterne-Fach«, jammert der Alex.

Ich lass ihn jammern. Das tut gut.

»Des macht mich noch ganz narrisch, macht mich das!« Er nimmt seine Polizeimütze ab, und ich sehe zum ersten Mal ein ziemliches Schiebedach inmitten seiner schwarzen Haarpracht klaffen. Er fährt sich durch die Haare, sodass das Schiebedach etwas kleiner wird, und ich lege meine Hand auf seine, um ihn ein bisserl zu trösten.

Zusammen überlegen wir, was wohl der angemessene Lösungsansatz für diese ausweglose Situation sein könnte. Wir stellen fest, dass wir uns beide, zunächst natürlich jeder für sich, in einer vergleichbar schwierigen Ausgangsposition befinden. Nur einmal angenommen, man würde sich, freilich rein hypothetisch, im gegenseitigen Einvernehmen kurzschließen, um mit den zur Verfügung stehenden Einzelressourcen und der erforderlichen Gesamtmotivation ein gemeinsam definiertes Ziel zu avisieren, dann müsste sich mit dem erforderlichen Einsatzwillen doch unbedingt eine für beide befriedigende Lösung realisieren lassen, die kooperative Synergien freizusetzen imstande sein wird, um schlussendlich eine verifizierbare …

Die Überlegungen unseren vielversprechenden Lösungsansatz betreffend werden jäh unterbrochen, als der Rudi wieder in die Küche platzt. »Ich geh einkaufen, bis später«, brummt er, diesmal angezogen. Und weg ist er.

»Dauert das länger?«, fragt der Alex mit einem Blick wie ein Panda vor dem Angriff.

»Eigentlich schon«, sage ich versonnen. »Vor elf ist der normalerweise nicht zurück.«

Unsere Blicke schwenken ruckartig zur Küchenuhr wie beim Synchronschwimmen.

Im ehemaligen Kinderzimmer, das mal einem vorehelichen

Sohn vom Rudi gehört hat, steht noch ein Gästebett. Das sieht jetzt endlich wieder mal einen Gast von innen. Und was für einen …

13

Als ich wieder aufwach, ist der Alex weg und aus der Küche duftet es nach Essen. Die Kinder sind auch schon da und sitzen mit dem Rudi zusammen am Tisch. Es gibt Brathähnchen mit Pommes und viel Ketchup. Der Rudi kocht grundsätzlich nur das, was den Kindern schmeckt. Entsprechend ist die Speisekarte überschaubar: Es sind nur vier oder fünf verschiedene Gerichte drauf. Aber wozu sollen wir sie auch mit Steckrüben und Sellerie quälen, die armen Kinder? Sie haben es weiß Gott schon schwer genug.

Denn natürlich sind es nicht unsere eigenen Kinder, die da am Tisch sitzen, sondern die von der Nachbarsfamilie. Von der Diätlind und dem Weichmaus. Früher hatten diese beiden dermaßen blöde Namen, dass wir sie erst mal umtaufen mussten. Da ist zuerst mal der Wolfhart, der nur deswegen als Erster aufgezählt wird, weil er als Mann und Vater nach guter bayrischer Stammestradition eigentlich das Familienoberhaupt sein soll. Ist er aber nicht. Als Name passt Wolfhart zum Wolfhart, wie wenn ein Papierflieger auf dem Münchner Großflughafen landen tät. Der Wolfhart ist ein kleines dürres Männchen und steht so unter dem Pantoffel seiner Gattin, dass von »Stehen« im bildhaften Sinn keine Rede sein kann. Also haben wir ihn in Weichmaus umgetauft. Seine Frau und das eigentliche Familientrampel ist die Diätlind. Die hat eine Oberweite, da ist meine ein Mückenschiss dagegen. Dafür, und das entschädigt mich in gewisser Weise, hängt der Diätlind ihre Oberweite zwei Stockwerke tiefer als meine. Da, wo bei normalen Frauen der Blinddarm ist. Und zwar deshalb, weil die Diätlind nicht an Büstenhalter glaubt. Genau genommen glaubt sie überhaupt an eine ganze Menge nicht, an was normale Menschen glauben. Umgekehrt glaubt sie dafür an einen Riesenhaufen Mist, an den kein vernünftiger Mensch nicht glauben kann.

Präzise gesagt ist sie nämlich eine anthroposophische Vegetiererin, weshalb die zwei auch unsere Nachbarn geworden sind.

Eines schönen Sonntags standen sie vor unserem Gartentor und wollten wissen, ob das alte Haus da neben unserem Garten eventuell zu vermieten sei. War es nicht, da es bereits zum Abriss vorgesehen war, weil das das alte Elternhaus vom Rudi war. Nach unserer Hochzeit haben wir auf dem riesigen Grundstück daneben für uns ein neues Haus hingestellt, und nachdem die Elternteile vom Rudi eins nach dem anderen endlich gestorben waren, wollten wir die alte Bruchbude abreißen lassen. Aber die Diätlind und der Weichmaus haben sich nicht so einfach abwimmeln lassen. Nur mal ansehen wollten sie das Haus. Schließlich haben wir nachgegeben, und sie waren gleich voll begeistert. Unbedingt aufs Land raus wollten sie ziehen, haben sie immer wieder gesagt, um hier unter die Selbstversorger zu gehen. Öko und so. Auch, weil die Diätlind vom ganzen Elektrosmog in der Stadt so furchtbare Migräne kriegt, dass es nicht mehr zum Aushalten war. Also haben wir uns breit- und plattschlagen lassen und einen Probevertrag für zwei Jahre aufgesetzt.

Das ist mittlerweile zehn Jahre her, und ich hätt die beiden schon längst an die frische Luft gesetzt, wären da nicht plötzlich diese zwei goldigen Kinder gewesen. Im dritten Jahr der Anwesenheit von Diätlind und Weichmaus bekamen die beiden von einem Tag auf den anderen zwei Zwillinge. Eingewickelt in ein selbst gestricktes Lammfell lagen sie auf der Terrasse und krähten in die Sonne. Ich hab gedacht, mich trifft der Schlag. Niemand hatte von der Schwangerschaft auch nur das Geringste bemerkt. Was allerdings eigentlich kein Wunder war. Unter den Speckwalzen und dem selbst gestrickten Bierzelt, was der Diätlind ihre Standardkleidung ist, hätte sie auch ein Elefantenküken austragen können, ohne dass es einem Menschen aufgefallen wär.

Jedenfalls sollten die armen Kinder, kaum dass sie wehrlos auf der Welt waren, Randolf und Vileda heißen. Nach irgendwelchen anthroposophischen Gottheiten. Aber nicht mit uns. Schon als Säuglinge waren sie mehr bei uns herüben als bei ihrer Mutter, weil sich der Diätlind ihre Migräne durch den Umzug aufs Land kein Fitzelchen besserte und nach der Geburt sogar noch schlimmer wurde. Gott sein Dank. So wurden die beiden Kleinen vorwiegend von uns aufgezogen, von dem Rudi und von mir, was fachpädagogisch betrachtet hundertprozentig das Beste für sie war.

Der kleine Randolf wurde schon als Säugling in Schoppenhauer umgetauft, weil er ununterbrochen nach seinem Schoppen gehauen hat, wenn der Rudi ihn stillen wollte. Das Gesäuge seiner Mutter wäre ihm wohl lieber gewesen, aber die hatte ja ihre Migräne. Die Vileda war anfangs ein braves und stilles Kind, fing aber mit einem Jahr bereits an, ganz wunderbar zu singen, sodass wir sie in Zeiserl umgetauft haben, was bei uns ein kleines Singvogerl ist, das auf Norddeutsch angeblich Zeisig heißen soll.

Die Diätlind und ich sind uns in genauso herzlicher wie unverhohlener Abneigung zugetan. Sie kann nicht ohne uns, und wir, das heißt in erster Linie der Rudi, können nicht ohne die Kinder. Die Zwillinge sind das Einzige, was seinem verpfuschten Leben noch einen Sinn gibt. Deshalb kocht er auch jeden Mittag was für sie, weil die Diätlind nur ihr selbst gezogenes Gemüse auftischt, das kein Mensch essen kann. Kinder schon gar nicht. Nach dem Essen verbringen die drei den Nachmittag oft zusammen vor dem Fernseher, den es natürlich zu Hause auch nicht gibt, weil Elektrosmog. Oder der Rudi liest ihnen was vor, oder sie machen einen Ausflug. Ich bin nach dem heutigen Mittagsmahl so voll, dass ich auch nichts dagegen hätte, mich aufs Sofa fallen zu lassen und fernzugucken, aber nichts da. Mal wieder schellt es an der Haustür.

Davor steht die Minna und fällt wie immer mit der Tür ins Haus. »Der Haslingerbauer ist gestorben!«, ruft sie ganz aufgedreht.

»Echt?«, frag ich

»Dieses Mal in echt«, bestätigt die Minna, »ich war grad dort und hab den Totenschein ausgestellt.«

»Was regst dich dann so auf?«, will ich wissen.

»Da stimmt was nicht«, sagt die Minna leise und schaut sich nach eventuellen Verfolgern um. »An der Geschichte ist was faul.«

»Du meinst, weil er jetzt doch noch pünktlich vor seinem Sechzigsten gestorben ist?«

»Ganz genau«, bestätigt mir die Minna. »Und auch, weil die Hinterbliebenen es so unglaublich eilig haben, ihn unter die Erde zu bringen.«

»Hm.« Das wundert mich jetzt auch. »Wo er jetzt tot ist, hat es doch keine Eile mehr mit nix, sollt man meinen.«

»Eben drum«, sagt die Minna, »aber das Gegenteil ist der Fall. Nicht schnell genug unter die Erde bringen können s' den. Wie ich vom Hof wegfahr«, sagt sie und tätschelt liebevoll ihr Elektrorad, das sie neben sich vor der Tür geparkt hat, »ist mir schon der Leichenwagen entgegengekommen.«

»Des ist wirklich schnell«, muss ich zugeben. Normalerweise ruft man den Bestatter erst, wenn der Papierkram erledigt ist. Und eigentlich brauchen die auch eine ganze Weile, bis sie von Pfronten da draußen auf dem Hof sind.

»Außerdem«, erklärt die Minna weiter, »außerdem hab ich mitgehört, wie die Bäuerin schon mit dem Krematorium telefoniert hat. Wegen Feuerbestattung. Einen möglichst schnellen Termin wollen sie haben, am besten morgen schon, verstehst? Seltsam, oder?«

»Na ja, komisch klingt das schon, aber was willst du da machen?«, frage ich.

Die Minna zuckt mit den Schultern. »Weiß nicht«, brummt sie in sich rein. »Wenn ich was Komisches bei der Leich gefunden hätt, hätt ich so schnell keinen Totenschein ausgestellt. War aber nix zu sehen. Jedenfalls nicht von außen. Und innen kannst ja nicht so einfach reinschauen.« Damit hat sie wohl recht. Eine Obduktion hätte nur der Doktor persönlich veranlassen können. Aber der war erstens nicht da, und zweitens hat der so was schon lang nicht mehr gemacht.

»Wenn du da einmal mit auf die Nase fällst«, hat er vor Ewigkeiten gesagt, »dann überlegst du es dir bei der nächsten Gelegenheit dreimal.« Weil, wie er uns weiter erklärt hat, so eine Obduktion einen Riesenstaub in einem kleinen Ort wie unserem aufwirbelt. Und wenn am Ende nicht mal was dabei rauskommt, dann wirst du dafür auch noch von den Patienten und vom ganzen Dorf blöd angeschaut. Also lässt man besser die Finger davon, auch wenn einem manchmal manches komisch vorkommt. So wie der Minna jetzt. Ihr lässt die Sache noch immer keine Ruhe.

»Der war mir irgendwie zu gelb«, grantelt sie vor sich hin.

Mir wird das langsam zu blöd. »Ich brauch jetzt meine Ruhe und mach mir heut einen gemütlichen Nachmittag«, sag ich und will das Gespräch beenden. Aber die Minna wär nicht die Minna, hätt sie nicht noch eine Schikane in der Hinterhand.

»Ach ja«, fällt es ihr ein, »ich soll dir vom Doktor einen schönen Gruß ausrichten. Du sollst ihn später noch zum Ansitz fahren. Punkt fünf. War wohl nix mit dem gemütlichen Nachmittag, was?«, ruft die Minna mir her, schwingt sich auf ihr Radl, tritt in die Pedale und ist weg.

Na, bravo, denk ich. Danke auch fürs Gespräch. Böse Zungen behaupten ja, die Minna hätte schwäbisches Blut in ihren Adern. Das tät natürlich so einiges erklären. Ich geh zurück ins Haus und schaue auf die Uhr. Vierzehn Uhr. Dieser Tag geht einfach nicht vorbei.

14

Wie ich später vor der Praxis ankomm, steht der Doktor schon in seinen Jagdklamotten im Hof.

»Wo haben Sie Ihr Gewehr gelassen?«, frag ich ihn.

»Das brauch ich nicht«, antwortet er. »Heut weihen wir nur einen neuen Hochsitz ein.«

»Und wo soll's hingehen?«, frag ich, als wir losfahren.

»Zum Sägewerk, Liesel«, sagt der Doktor, also fahren wir zum Sägewerk, wo schon der Sägewerksbesitzer Rahmseiher und der Brezenbauer warten. Zusammen mit ein paar Holzarbeitern stehen sie um ein Gebilde rum, das aussieht wie ein Grenzturm aus der DDR.

»Ist das ein Grenzturm aus der DDR?«, frag ich, und sie gucken mich blöde an.

»Das ist unser neuer fahrbarer Hochsitz«, erklärt mir der Rahmseiher.

Ah, jetzt seh ich's auch. Das Ding steht auf einem Traktoranhänger, der hinter einem Traktor hängt, und ragt in den Himmel wie ein Eiffelturm.

»Mit dem Ding fahren wir die alten Bazis ins Revier raus und stellen es dann irgendwo schussgünstig ab«, erklärt mir ein Holzarbeiter, der ein gestandenes Mannsbild ist und seinen Vollbart bis zum Hosenlatz trägt. »Und wenn's Nacht ist, ziehen wir den Hänger mitsamt dem Hochsitz und dem Jager drauf am Traktor wieder her. Da sparen sich die Alten die mühselige Lauferei nachts durch den Wald. Wirst's gleich mit eigenen Augen erleben.«

Ich schau noch mal nach oben. Da kommen die alten Tattergreise doch nie im Leben alleine hoch, denke ich und hab wie immer recht. Schon fährt hinter dem Anhänger ein Gabelstapler mit einer Holzpalette auf der Gabel ran, und der Rahmseiher, der das Ding von seinen Holzarbeitern hat zusammenbauen lassen, steigt mit zittrigen kleinen Schritten auf die Holzpalette. Er hat seit Jahren einen schweren Parkinson. Ein Holzarbeiter steigt ebenfalls mit drauf und stützt den Tattergreis am Arm, dann schreit er: »Palette hoch!« Die Palette fährt tatsächlich hoch, und droben angekommen schiebt der Arbeiter den Rahmseiher in die Kanzel und schließt die Tür hinter ihm. »Palette runter!«, schreit er wieder und lässt sich zurück Richtung Boden fahren.

»Wo ist mein Gewehr?«, brüllt plötzlich der Rahmseiher von seiner Kanzel runter.

Der Brezenbauer reicht dem Holzarbeiter das Gewehr – Palette hoch, Palette runter –, dann vermisst der Rahmseiher sein Fernglas, und wieder muss der Holzarbeiter Aufzug fahren.

Da kriegst doch einen Vogel, denk ich, während ich dem Treiben zuschau.

Zu guter Letzt schwingt sich der Holzarbeiter auf den Traktor und rumpelt samt Anhänger zur Jungfernfahrt vom Hof.

Endlich Feierabend, hoffe ich, doch weit gefehlt. Der Doktor will ums Verrecken mitsamt dem Brezenbauer die Rückkehr des jagdlichen Wachturms abwarten.

Zusammen mit dem Doktor und dem Brezenbauer begeb ich mich notgedrungen ins Esszimmer der rahmseiherischen Villa. Zur Überbrückung der Wartezeit kriegen wir ein fürstliches Abendmahl serviert. Der Villenbesitzer ist verwitwet, hat jedoch ein Hauspersonal. Worum der Brezenbauer ihn beneidet. Der Brezenbauer wiederum hat den größten Hof weit und breit und die meisten Rindviecher, und das Liebste ist ihm seine Frau. Er hält sich traditionsgetreu an das alte Sprichwort, das da lautet: Der Intelligenzquotient eines Landwirts verhält sich umgekehrt proportional zum Ertrag seiner Feldfrüchte.

Das Hauspersonal des Sägewerksbesitzers besteht momentan aus einer jungen Nordpolin namens Äfa. Die Äfa hat vier Jahre lang beim »Vogelwirt« in Vogeltann bayrisch kochen und sprechen gelernt, und wie sie schließlich damit fertig war, hat der Rahmseiher sie dem Vogelwirt ausgespannt. Rein küchentechnisch bloß, zu mehr reicht es bei dem Depp nicht mehr, dem alten. Früher waren die jungen Madels natürlich nicht nur für den Küchendienst zuständig, aber damit ist es endgültig aus und vorbei, und der Äfa wird's schon recht sein, wie es ist. Sie serviert uns grad ein ganz hervorragendes Hirschgulasch mit Schokosoße und Kartoffelknödeln, redet dazu in einem ganz herzigen niederbayrisch-nordpolnischen Mischdialekt und sieht dabei in ihrer altbayrischen Hausmädchentracht auch noch überaus bezaubernd aus. So bezaubernd sogar, dass der Brezenbauer seine Schokosoße über das halbe Tischtuch gießt, wie er ihr beim Schöpfen in den Ausschnitt glotzt. Für den Brezenbauer mit seiner Gicht ist dieses fleischlastige Festmahl natürlich das pure Gift, und das sag ich ihm auch ein paarmal. Eigentlich praktisch jedes Mal, wenn er sich einen Bissen reinschiebt. Und wo ich schon dabei bin, verbiete ich ihm gleich auch noch jeglichen Alkohol. Auch der Doktor sollte nicht schlingen wie ein Gartenhäcksler, denke ich, wie ich ihn mir so anschau. Er ist zwar lang und dünn, hat aber sauschlechte Cholesterinwerte, und überhaupt hat er's mit dem Herzen, weswegen sie ihm vor einem Jahr schon einen Schrittmacher eingepflanzt haben. Davon merkt man aber nix, wie er immer so halb eingeschlafen mit kleinen Schritten angeschlurft kommt.

Nach dem vielen Essen bin ich todmüde und will nur noch heim. Aber die zwei Alten wollen unbedingt abwarten, bis der Rahmseiher zurück ist, also leg ich mich aufs Sofa und versuche, ein Nickerchen zu halten. Doch kaum, dass ich flach lieg, kommt der Rahmseiher schon zur Tür hereingetappt.

»Und, hast was erwischt?«, fragt der Brezenbauer.

Der Rahmseiher macht eine ausweichende Geste, was heißen soll: Ach, leckt mich doch am Arsch. Die beiden verschieben das auf später und nerven ihn stattdessen weiter.

»Hast danebengeschossen?«, fragt der Doktor.

Das wär ja mal nix Neues.

»Oder hast was angeflickt?«, fragt der Brezenbauer.
Wär auch nix Neues.
»Was war's denn überhaupt?«, fragt der Brezenbauer.
»Hab's nicht recht gesehen«, brummt der Rahmseiher.
»Aber geschossen hast schon?«, fragt der Doktor.
»Hmmm …«, macht der Rahmseiher und zittert vor lauter Parkinson am ganzen Körper.
»Und dann?«
»Ist es flüchtig gegangen«, gesteht der Rahmseiher.
»Hast es überhaupt erwischt?«
Schulterzucken.
»Und was es war, weißt wirklich nicht?«
»Ein Wild jedenfalls nicht«, brummt der Rahmseiher.
Des wär nicht das erste Mal, dass die alten Blindgänger aus Versehen ein Schaf oder eine Ziege abgeknallt haben.
Die Vermutung vom Brezenbauer geht genau in diese Richtung. »War's a Schaf, musst es halt ersetzen. So wie immer, halb so schlimm«, nimmt er es auf die leichte Schulter.
»Könnt aber auch was anderes gewesen sein«, brummt der Rahmseiher in seinen Bart. »Komisch geschrien hat's.«
»Jetzt red halt kein Scheiß!«, ruft der Brezenbauer.
»Du wirst doch nicht schon wieder einen Pilzsammler aufs Korn genommen haben?«, poltert nun auch der Doktor los. Was allerdings auch nix Neues wär. Vor zwei Jahren hat der Rahmseiher einem Pilzsucher aus Esslingen eine Schrotladung verpasst. Nur ein paar Körner waren's, und die sind nicht mal besonders tief in den Schwabenhintern eingedrungen. Zum Glück war es nämlich nur ein Schwabe, und eben weil es nur ein Schwabe war, hat sich die Sache mittels baren Scheinen problemlos aus der Welt schaffen lassen.
Der Rahmseiher macht ein schuldbewusstes Gesicht, soweit er mit seinem Parkinson überhaupt noch ein Gesicht machen kann. Dann murmelt er: »Der Wastl ist schon mit dem Hund raus. Wenn die nix finden, war's auch nix.«
»Was Gott verhüt«, sag ich und drohe dem Doktor, dass

ich sofort und auf der Stelle ohne ihn heimfahr, wenn er nur noch eine Minute länger hier hocken bleibt.

Er schimpft zwar vor sich hin, gibt aber schließlich wie immer klein bei. Auf der Heimfahrt werfen wir noch den sturzbetrunkenen Brezenbauer auf seinem Hof raus, genau vor seine Haustür, wo er von seiner Liebsten bereits sehnsüchtig mit dem Nudelholz erwartet wird.

Auweh!

15

Am nächsten Tag öffnet die Praxis erst um zwei. Ich steh pünktlich zum Mittagessen auf, es gibt Spaghetti mit Tomatensoße, weil das die Kinder mögen. Was ich mögen tät, interessiert hier keinen. Unser Speiseplan besteht seit Jahren aus der immer gleichen Abfolge von Gerichten:

Brathuhn an backofenfrischen Tiefkühl-Pommes, verfeinert mit Ketchup.

Spaghetti bei einer Tomatenfarce aus Ketchup.

Fischstab neben Fischstab unter einer Auflage aus Mayonnaise, garniert mit Ketchup.

Käsenudelgratin mit heimlich untergejubeltem Feingemüse hinter Ketchup.

Spiegelei über Fleischkäs an Ketchuprand.

Oder alles durcheinander, auf jeden Fall aber immer mit literweise Ketchup obendrauf.

Wie ich also am frühen Nachmittag in die Praxis komm, hockt schon die Minna an meiner Rezeption und vor meinem Computer. Und das, wo sie sich mit dem Praxisprogramm doch überhaupt nicht auskennt.

»Was fällt denn dir ein? Was machst du an meinem Computer? Du kennst dich doch mit dem Praxisprogramm gar nicht aus«, pflaume ich sie an, stell mich demonstrativ hinter sie und schau ihr über die Schulter. Was ich da seh, kann ich im ersten Moment nicht glauben. Internet. Die Minna befindet sich mit meinem Praxiscomputer im Internet!

»Wie kommst denn du ins Internet?«, pfeif ich sie an. »Du weißt doch noch nicht einmal, wie man den PC überhaupt startet, und jetzt so was?« Ich bin fassungslos. Aber die Minna hört mir überhaupt nicht zu, sondern glotzt auf den Bildschirm wie ein hypnotisiertes Kaninchen. Ich pack die Lehne von dem Bürostuhl, auf dem sie hockt, und zieh sie einfach rückwärts weg. Drei Meter weit nach hinten. Pfüeti, Internet. Das hätt ich besser nicht tun sollen. Die Minna wird bei den kleinsten Anlässen völlig grundlos stinkig.

»Ja, was glaubst denn du?«, schreit sie mich an. »Bloß weil ich alt bin, bin ich doch lang noch net blöd!«

Ich geh vorsichtshalber in die Defensive. »Das hab ich doch auch gar nicht gesagt«, gebe ich kleinlaut zurück.

»Aber gedacht hast es wohl«, trötet die Minna mich an, und ich zucke mit den Schultern und setze ein schuldbewusstes Gesicht auf. »Nur, dass du eines weißt«, trompetet sie dann weiter, »du brauchst gar nicht denken, dass die Praxis dir allein gehört! Du hast schon den BMW, und jetzt willst auch den Computer da für dich allein? Aber so läuft das nicht. Ich bin schließlich auch noch da, und ohne mich wär der Laden hier schon längst …« Sie holt kurz Luft, bevor ihre Tirade grad so weitergeht: »Ich mein, ich hab hier doch auch meine Rechte!«, krakeelt sie immer lauter. »Und wenn euch das nicht passt, könnt ihr euren Scheißdreck von jetzt an gern alleine machen! Hast mi?«

Jetzt reicht's mir aber und mir geht auch der Gaul durch, aber wie. »Ich bin schon viel länger hier als du, du alte Hexe!«, schrei ich sie an. »Und des bisserl da, was du kannst, das kann ich schon lang! Und besser noch dazu!«

Die Minna springt aus ihrem Stuhl und schnappt sich ihren Reflexhammer, mit dem sie den Patienten normalerweise gegens Schienbein haut. Sie fuchtelt damit in der Luft herum, dass ich's schier mit der Angst zu tun krieg.

»Wenn ich eine Hexe bin, dann bist du ein Flittchen!«, schreit sie und haut mit ihrem Hammer auf den Tisch. »Und zwar das größte Flittchen, was mir in meinem langen Leben hier in diesem Kaff jemals unter die Augen gekommen ist. Und das waren weiß Gott nicht wenige!« schreit sie mir her.

Jetzt bleibt mir doch die Luft weg. Aber nicht ganz. »Du bist ja bloß neidisch, weil von dir keiner mehr was wissen will, du schrumplige Tomate! Dich hat doch schon dreißig Jahr lang keiner mehr richtig angschaut.«

»Aber dich schauen s' alle an, gell? Ist ja auch kein Wunder, so, wie du rumläufst! Im kürzesten Kittel, wo man überhaupts kriegen kann, und dann noch die Knöpf auf bis zum Hosenstall!«

»Und wenn schon, was soll's?«, schrei ich zurück. »Bei mir gibt's wenigstens noch was zum Gucken, ganz im Gegensatz bei zu dir, du alte Dörrpflaume, du! Außerdem kommen hier doch eh nur noch alte Dackel und Krüppel rein, die gucken mir schon nix weg!«

»Und was ist mit dem Polizisten, hä?«

»Des geht dich gar nix an, was mit dem Polizisten ist!«, schrei ich zurück und bin dermaßen stinksauer, dass die alte Kuh das mit dem Alex mitgekriegt hat irgendwie, und ich kann nur noch brüllen. »Hexe!«, brüll ich und hab die Gipsschere in der Hand, und die Minna schreit zurück: »Schlampe!«, und so geht das eine Weile hin und her, bis wir merken, dass auf der einen Seite die Wartezimmertür offen steht, von wo aus die Patienten herglotzen.

»Ja, was ist denn mit euch hier los, um Gottes willen?«, fragt dann auch völlig konsterniert der Doktor, der auf der anderen Seite genauso blöd wie seine Patienten aus dem Sprechzimmer rausschaut.

»Nix ist los«, sage ich und zupfe an meinem Kittel rum. »Gar nix.«

»Überhaupt nix ist, was soll schon sein?«, bestätigt denn auch die Minna schnell.

Nach diesem klärenden Gespräch unter lieben Kolleginnen herrscht wieder eitel Sonnenschein. Alles panettoni, zum Glück.

Wie am späten Nachmittag endlich der letzte Patient raus ist, frag ich die Minna freundschaftlich: »Was hast denn da drinnen gewollt, im Internet?«

»Bloß was schauen«, sagt sie und hört sich noch immer ein bisserl brummig an.

»Aber wie bist du da überhaupt reingekommen?«, will ich

jetzt wissen. Auch auf die Gefahr hin, dass das Geschrei von vorhin gleich wieder losgeht.

Aber die Minna scheint für heut genug geschrien zu haben. Sie hockt sich vor den Computer hin und zeigt auf ein Symbol. »Mit meinem neuen Gugelhupf da. Ist ganz einfach«, sagt sie stolz, und ich kann nur noch blöd auf den Bildschirm glotzen.

Tatsächlich ist da ein großes Gugelhupf-Symbol, das gestern noch nicht dort war, hundertprozentig nicht. Unter ihm steht klein: »Verknüpfung mit Google«. Nie im Leben hat die Minna das geschafft. Es dauert nur wenige Sekunden, bis es mir wie Schuppen von den Karpfen fällt. »Der Aasgeier«, sage ich es der Minna ins Gesicht, »der Aasgeier hat dir das Internet gezeigt?«

»Jawoll«, bestätigt mir die Minna triumphierend, »den ganzen Vormittag lang. Und ich hab alles kapiert. Auf Anhieb sogar!«

Das will ich jetzt mal so stehen lassen, sonst ist wieder Krieg. »Aber wozu?«, frag ich sie. »Was um alles in der Welt suchst du plötzlich im Internet? Willst du was bestellen?«, frag ich, jetzt ehrlich hilfsbereit. »Soll ich dir irgendwas helfen dabei?« Gleichzeitig mach ich mir ernsthaft Sorgen. Man hört ja so viel, was alles Schreckliches im Internet passiert. Was ist, wenn die Minna auf ein Online-Arschloch reinfällt und Nacktfotos versendet? Oder wenn sie ihre Kontodaten überall verteilt, Passwörter vergisst oder fünftausend Rollen Klopapier bestellt, bloß weil das in irgendeinem Online-Shop grad billig ist. Aber sagen darf ich nix mehr, wegen Krieg.

»Ich will bloß noch was schauen, geh du nur schon heim«, sagt sie ganz mütterlich. Was im Klartext so viel heißt wie, dass ich ganz schnell verduften soll, damit sie hier ihre Ruhe hat.

»Dann pass mal gut auf dich auf«, sag ich noch im Gehen.

Die Minna ganz allein im Internet, denk ich bei mir, oje, und hab dabei ein ganz mulmiges Gefühl.

16

Heute Morgen wieder Diätlind. Vor Hunger darbend steht sie in der Tundra, was mal ein Garten war. Wie zwei überlebensgroße Vogelscheuchen sieht sie aus und schielt frustriert auf ihre Missernte hinab.

»Hallo, was macht die Sellerie?«, rufe ich ihr aufmunternd hin.

»Dieses Jahr hab ich alles richtig gemacht«, jammert die Diätlind sofort los und fuchtelt hilflos mit den Armen, »und trotzdem will's nix werden!«

»Hast alles gut gegossen?«, frag ich nach.

»Sicher«, sagt die Diätlind. »Mit heilenergetisch aktiviertem Gletscherquellwasser aus dem Himalaja.«

»Super«, sag ich. »Und natürlich hast auch recht fest gedüngt?«

»Klar. Mit hochfrequenter Freischwingungsenergie aus argentinischen Bergkristallpyramiden. Wie immer. Und ganz viel astral angereichertes Mondlicht mit dazu, natürlich.«

»Natürlich!«, ruf ich ihr hin. »Dann will mir allerdings nicht einleuchten, wieso es gar nix werden will mit deinen Pflanzerl heuer«, sag ich und fahr kopfschüttelnd davon. Den Pferdemist vom Nachbarhof, was ein Superdünger ist, will sie nicht. Weil Tier. Und die altbewährten Kunstdüngersäcke von der BayWa schon gar nicht. Weil Kunst.

Würden ihre armen Kinder nicht ausschließlich von uns ernährt werden, wären sie schon längst verhungert. Allerdings versteh ich nach zehn Jahren immer noch nicht, wie man von fast unsichtbaren Kohlköpfen und mikronesisch kleinen Schwarzwurzeln so fett sein kann. Das Zeug muss einen irrsinnigen Energiegehalt besitzen, vermute ich mal. Wahrscheinlich wird das mickrige Grünzeug durch diesen ganzen energetischen Naturbehandlungsquatsch mit Kalorien aufgeladen wie vom wilden Affen gebissen. Das muss die einzig logische Erklärung sein, denk ich mir. Aber was halte ich mich eigentlich mit der blödsinnigen Diätlind auf? Nun ja, manchmal tut sie mir halt doch ein bisserl leid, wenn sie so dasteht wie eine Jurte in der Kalahari. Aber mein Hauptgefühl für sie ist Schadenfreude. Da mach ich mir nix vor. Ehrliche, tief empfundene Schadenfreude. Was bin ich doch für eine elendige Sau, denk ich, lass den BMW mit seinem Turbo jodeln, dass er mir einen Tritt in den Hintern verpasst, und rase breit grinsend davon.

Aus reiner Gewohnheit fahr ich den kleinen Umweg über der Gertrud ihren Laden, obwohl der natürlich zu sein dürfte. Aber kaum, wie ich dran vorbei bin, merk ich, dass der gar nicht zu ist, sondern auf. Die Tür steht jedenfalls weit offen, und drinnen brennt das Licht. Ich steig so heftig in die Bremsen, dass mich um ein Haar so ein Schwabenmercedes von hinten auf die Hörner genommen hätte. Der schafft grad noch eine Vollbremsung, hupt mich deppert an und rast dann immer noch deppert hupend an mir vorbei. Ich schrei ihm was hinterher, aber das versteht er leider nicht, der Depp. Genau genommen müsste ich froh sein. Das war echt knapp. Aber aus dem Fernsehen her weiß man ja, dass die Mercedesse neuerdings von selbst bremsen. Wahrscheinlich, weil die Schwaben dafür zu blöd sind. So gesehen keine schlechte Sache.

Ich steig also aus, geh in den Laden rein, und was seh ich? Ein Einbrecher ist da! Er kniet direkt vor mir auf dem Fußboden und kramt in einer Obstkiste, die vor seiner Rübe steht, um sich was zum Fressen rauszusuchen. Als er merkt, dass jemand neben ihm steht, nämlich ich, richtet er sich ein wenig auf und gibt einen kurzen Laut von sich. Wie er mich so anstarrt, seh ich: Es ist ein Chinese.

»Sauschwab!«, schrei ich ihn an, so laut ich kann, weil mir so geschwind kein anderes ausländisches Schimpfwort einfällt. Das wirkt. Einen Moment lang ist er vor Schreck wie versteinert. Das nutz ich aus und geb ihm eine Watschen, die sich gewaschen hat. Mit der flachen Hand aufs Ohr, eine super Watschen-Technik. Damit hab ich schon so manches

Mannsbild zur Vernunft gebracht, was sich eingebildet hat, dass meine Oberweite eine Selbstbedienungstheke wär. Und auch diese Watschen hat gesessen. Den Gangster hat es umgedreht und auf den Rücken gehauen, dass er jetzt vor mir daliegt wie ein halb toter Kartoffelkäfer und sich den Schädel hält. Und jammern tut er, das hältst du im Kopf nicht aus. Wie ein Klippschüler, dem der Lehrer eine Backpfeife verpasst hat. Selber schuld. Wärst halt daheimgeblieben in deinem Origami. Jetzt hast du den Salat.

Aber ich lass mir nichts vormachen. Wahrscheinlich ist das Gejammer nichts als Taktik. Wahrscheinlich stimuliert dieser Chinese nur, und in Wirklichkeit führt er was im Schilde. Das kennt man ja zur Genüge aus diesen fernköstlichen Karate-Pornos. Da liegt einer auf dem Rücken und ist tot, bloß weil er ein paar zünftige Handkantenschläge auf die Zwölf gekriegt hat, und im nächsten Moment springt er wieder voll aggressiv in die Luft und haut zurück. So was will ich auf keinen Fall riskieren.

Ich schau mich um und seh im Schirmständer ein paar vergessene Nordwanderstecken stecken. Welche die Schwaben normalerweise dazu benutzen, um in unseren Gebirgen möglichst viele Felsbrocken aufzuspießen und in ihren Daimler zu verladen. Zu Hause stellen sie die Brocken dann in ihre hässlichen Vorgärtle in Zuffenhausen oder Ludwigsburg und freuen sich über die ergaunerte Gratis-Deko. Eigentlich könnt ich bei diesem Gedanken schon wieder auf der Sau raus, aber das Schlitzauge hier geht vor. Ich stell mich über den Verbrecher und drück ihm eine Stockspitze auf die Kehle. Das Geschrei wird etwas leiser. Geht jetzt mehr so in Richtung schrill. Oder würgend. Der Ganove liegt ganz flach auf dem Boden, zwischen einem Haufen alter Zeitschriften. Was er wohl damit wollte? Keine Ahnung. Links neben seiner Rübe liegt ein Käseblatt mit der Fratze von Roberto Blanco, rechts eins mit der Mumie von Karl Lagerfeld drauf. Und drüber liegt die Queen.

»Da bist du ja in allerbester Gesellschaft!«, schrei ich zu

dem Chinesen runter. »Diese drei Zombies machen's auch nicht mehr lang. Aber du da wirst noch vor ihnen ins Gras beißen, Haderlump!«

Grad wie ich zustechen will, kommt jemand in den Laden.

»Bist jetzt narrisch gworden? Lass mir bloß meinen Vietkong in Ruh!«, schreit dieser Jemand mich an.

Ich dreh mich um, und in der Tür steht ein dicker Mann mit Gemüsekiste vor dem Bauch. Ich schau ihn deppert an.

»Ich bin's, Liesel, der Knoblauch-Alois! Kennst mi nimmer?«

Nein.

»Ich bin doch der Sohn von der Gertrud! Du und ich, wir zwei, wir waren zusammen in der Grundschul, damals in Vogeltann. Da musst du dich doch dran erinnern?«

»Ja, schon …«, fällt es mir langsam wieder ein. Ganz langsam. »Aber erkannt hätt ich dich nimmer, so auf Anhieb«, geb ich zu.

»Ist ja auch schon eine Weile her«, sagt der Alois versöhnlich.

»Freilich. Und groß bist du geworden«, sag ich, weil mir nix Besseres einfällt.

»Und fett, sag's nur gleich mit dazu«, lacht der Alois. Er stellt seine Kiste ab, und wir tauschen ein paar Kindheitserinnerungen aus, wie wir dem Pfarrer Ochsengalle in den Messwein und dem Lehrer Rizinusöl ins Bier und dem Mesner Gülle ins Moped getan haben. Wir lachen, was das Zeug hält, und der Alois erklärt mir, dass er den Laden von seiner Mutter möglichst weiterhin in Betrieb halten will, aber dass er das natürlich nicht selbst machen kann, das mit dem Laden, wo er doch seine Landwirtschaft hat. Stattdessen soll das künftig der Vietkong machen.

Ich frage, wer das jetzt schon wieder sein soll, der Vietkong, aber natürlich, der Vietkong, das ist der, wo da vor mir auf dem Boden liegt, mit der Stockspitze am Hals. »Und den hast du dir aus Thailand mitgebracht? Hab ja gar nicht gewusst, dass du auf Männer stehst.«

»Nein, nein«, erwidert der Alois schnell. Nicht er hat sich den aus Tahiti mitgebracht – was soll er denn auch mit einem Kolumbianer, wo er überhaupt nicht auf Männer steht? Wie komm ich bloß auf so was, also wirklich – nein, vielmehr hat den seine Tochter aus dem Urlaub mitgebracht, aus Katmandu oder Neapel, oder wie die Gegend da unten richtig heißt. Aber nur so für daheim rum soll der sein, dieser Kambodschaner, weil frei laufen lassen, nein, alles, was recht ist, aber das doch besser nicht. Und er, also der Alois, er ruft ihn halt Vietkong, weil das kennt man ja von früher, und seinen richtigen Namen kann er sich ums Verrecken nicht merken. Wir lachen wieder und schwelgen in alten Erinnerungen. Der Alois erinnert sich, dass ich schon mit vierzehn eine beachtliche Oberweite gehabt hab, damals, und ganz brüderlich meint er, dass ich ein Dirndl sicher gut ausfüllen könnte, immer noch.

»Worauf du einen lassen kannst«, erwidere ich, und wir lachen und grölen zusammen, dass sich die Balken biegen.

Irgendwann meint der Alois dann, ich könnt den Vietkong doch endlich mal loslassen, der müsst heut noch die Zeitungen sortieren und Ware einräumen, damit morgen früh geöffnet werden kann.

»Ja, wenn das so ist, dann bin ich ja beruhigt«, sag ich zum Alois, nehme meinen Stock von dem Vietkong seinem Kehlkopf weg und heiße ihn in unserem schönen und gastfreundlichen Allgäu herzlich willkommen. Dann wünsche ich ihm noch alles Gute und dass er sich schleunigst integrieren tut bei uns, gell, denn dann werden wir uns schon sehr bald sehr gut verstehen, wenn er erst einmal kapiert hat, was wir von ihm wollen, gell? Wir alle miteinand in Bayern.

17

Wie ich vor lauter Pekinesen viel zu spät in die Praxis komm, hockt die Minna schon wieder vor dem Computer und ist im Internet.

»Des tät mich jetzt doch mal interessieren, was du da wie eine Bekloppte suchst«, sag ich zu ihr ganz vorsichtig.

»Ikterus«, antwortet sie geistesabwesend.

»Aber des weißt du doch schon, was das ist«, wundere ich mich. »Das ist doch ganz einfach Gelbsucht, das weiß doch jedes Kind!«

Aber die Minna lässt sich von mir nicht ablenken. Mit stierem Blick starrt sie in den Bildschirm und traktiert die Maus. »So einfach, wie du dir das mit deinem Spatzenhirn vorstellt, ist das leider nicht«, bellt sie mich an. »Freilich Gelbsucht. Aber Gelbsucht ist doch nur ein Symptom, wo man aber noch lang nicht weiß, was im Einzelnen dahintersteckt.«

»Und warum ist das auf einmal so wichtig?«, muss ich weiterbohren.

»Weil ich's halt wissen will. Und weil ich's halt nicht weiß …«, grantelt die Minna an den Bildschirm hin.

Ah, so ist das. Die allwissende Minna weiß was nicht und gibt es auch noch zu. Punktsieg für mich! »Soso, du weißt was nicht«, sage ich auftrumpfend. Ich muss jetzt einfach ein bisserl sticheln.

»Ach, halts Maul und stör mich nicht«, kommt es von ihr zurück.

»Erwischt!«, rufe ich mit einer kindischen Freude. »Aber jetzt, wo du mir dein Nichtwissen gebeichtet hast, sollen dir all deine Sünden vergeben sein: *Ego te absolvo*«, sage ich salbungsvoll.

»Leck mich doch am Arsch!«

»Macht drei Vaterunser und vier Ave-Maria«, kriegt die Minna postwendend ihre pastorale Quittung von mir.

»Du kannst mir gar nix, wo ich nicht katholisch bin«, schimpft die Minna ins Internet.

»Was bist du nicht?«, entfährt mir jetzt ein Aufschrei des Entsetzens.

»Katholisch!«, schreit sie mir zurück und springt von ihrem Stuhl. Verdammt. Jetzt hat sie wieder einen Zorn. Grundlos, wie immer. »Und auch nicht evangelisch, wenn du es ganz genau wissen willst! Kreuzhimmeldonnerwetter noch mal!«

Jetzt reicht's mir aber. »Das ist mir doch scheißegal, was du glaubst, des kannst du aber glauben!«, schrei ich zurück. Aber das macht es nur noch schlimmer.

»Soso, scheißegal ist es dir also, was die Minna denkt?«, schreit mich die Minna an.

»So hab ich das nicht gesagt«, geb ich ihr zurück. »Und ich lass mir von dir auch nicht jedes Wort im Mund umdrehn!« Augenstierkampf. Wenn Blicke töten könnten, gäb's hier auf der Stell zwei Leichen. Der Klügere gibt nach, denke ich mir schließlich und gebe nach. Sagen tu ich's besser nicht. Stattdessen frage ich versöhnlich: »Und was, bittschön, denkst du gerade, liebe Minna?«

Die Minna zickt noch einen Moment lang vor sich hin, dann siegt ihr Geltungsdrang. »Ich denk, dass der Haslingerbauer vergiftet worden ist. Das denk ich«, lässt sie es endlich raus.

»Und wie kommst darauf?«, muss ich wissen.

»Weil er gelb war wie ein Safranteig, deshalb.«

Womit wir wieder bei der Gelbsucht wären, dem Beginn unseres Streitgesprächs, also keinen Schritt weiter. Aber auch das sag ich jetzt besser nicht, weil ich mich sicherheitshalber gar nix mehr sagen trau.

Endlich redet die Minna von allein weiter. »Und des war nicht der erste Fall. Bei einem Einzelfall tät es mich ja nicht weiter wundern, so was kommt halt mal vor. Aber dreimal hintereinander in so kurzer Zeit, da stimmt doch was nicht. Da kannst sagen, was du willst.«

Aber ich will gar nichts sagen. Ich bin baff. Dreimal hintereinander. Und ich hab davon nix mitgekriegt? »Wieso hab ich davon nix mitgekriegt?«, wundere ich mich an die Minna hin.

»Wie hättest du denn davon was merken sollen?«, tröstet mich die Minna herablassend. »Bei den Hausbesuchen bei den Pflegefällen bin ja fast immer nur ich bei den Patienten. Und den Totenschein stell ich auch aus. Das Schwierige und Undankbare an unserem Geschäft, das kriegst du ja gar nicht mit, kannst froh drum sein«, sagt die Minna zu mir, und ich bin froh.

»Der Bollinger Paul«, fällt's mir jetzt plötzlich wieder ein.

»Was ist mit dem Bollinger Paul?«

»Der war auch ziemlich gelb, wenn ich es mir recht überleg.«

Die Minna zieht ein grimmiges Gesicht. »Und warum sagst du das erst jetzt?«

»Ich hab mir nix dabei denkt«, geb ich zu.

»Wie immer«, brummt die Minna vor sich hin und erzählt mir dann, wer die drei anderen vermeintlichen Gelbfieber-Opfer waren.

Zugegebenermaßen kenn ich die bloß vom Computer her und von der Quartalsabrechnung. In der Praxis waren die nie. Logisch, weil Pflegefälle.

»Und jetzt?«, frage ich die Minna. »Was willst jetzt unternehmen?«

Die Minna macht ein ratloses Gesicht und lässt die Schultern hängen. »Weiß noch nicht«, sagt sie resigniert. »Heut war die Einäscherung vom Haslingerbauern. Da wird nicht mehr viel Brauchbares von ihm übrig sein. Wahrscheinlich kommt er in die Eieruhr. Und morgen ist die Leich.« Was so viel bedeutet wie Beerdigungsfeier. Nur für den unwahrscheinlichen Fall, dass ein Schwabe das hier heimlich liest.

»Da gehen wir jedenfalls zusammen hin, auf die Leich«, freut sich die Minna. »Das wird wie immer lustig, und vielleicht fällt mir bis dahin noch was ein.« Ganz bestimmt, denk ich und geh ins Wartezimmer rein. Ich schrei: »Der Nächste, bitte!«, dann schieb ich den Nächsten zu der Minna hin. Schiebe deinen Nächsten wie dich selbst, denk ich dabei, bevor ich uns einen Kaffee aufsetze. Den trink ich noch, dann mach ich Feierabend und fahr heim.

Heute keine Diätlind. Die Rollläden sind unten, ein sicheres Zeichen für Migräne. Die Kinder werden noch in der Schule sein, denk ich. Das ist unsere ganz normale Grundschule in Heiterbach, wo sie zusammen mit den ganzen anderen alternativ begabten Blindgängern aus dem Dorf in einer Klasse hocken. Jetzt, wo das mit der Waldorfschule nicht geklappt hat. So wie auch schon vorher mit dem Waldorfkindergarten nicht. Der Weichmaus darf kein Auto haben, weil nicht öko, und mit dem Bus ist es bis zu dieser blöden Waldorfschule eine halbe Weltreise. Gott sei Dank.

Ich schau hinüber auf die Wüste Gabi und überlege, was schlimmer ist: Wüste mit oder Wüste ohne Diätlind. Und komme zu keinem Ergebnis. Also steh ich noch eine Weile rum und mach mir so meine Gedanken.

Es gibt bekanntlich vier verschiedene Arten von Migräne. Die häufigste Form davon ist die vorgetäuschte Migräne. Die kommt zum Einsatz, wenn Frauen keinen Sex wollen. Aber die kann es bei der Diätlind nicht sein, da die sowieso keinen Sex hat. Das weiß ich ganz genau, weil sie es mir verraten hat. Wie ich sie mal gefragt hab, wie sie denn eigentlich verhütet, so ganz ohne Pille. Weil Chemie. Und Kondome mag sie auch nicht. Weil Plastik. Und weil ich mir das nicht vorstellen kann, wie die zwei es tun, so ganz ohne …

Natürlich verhütet sie natürlich, hat die Diätlind mir erklärt.

»Und was ist bei dir natürlich?«, hab ich wissen wollen. »Nimmst du da einen vulkanhaltigen Lavastein oder eine Salzpyramide und steckst dir das in die …?«

»Nein, natürlich nicht«, hat sie entrüstet protestiert. »Dazu braucht es überhaupt keine Lavapyramide, und reingesteckt wird schon gleich gar nix, überhaupt nix wird reingesteckt!«

Sie tun es einfach nicht, hat sie mir erklärt. Sie und der Weichmaus tun es einfach nicht.

»Was tut ihr nicht?«, hab ich gefragt, und sie hat mir erklärt, dass das die natürlichste Verhütung von der Welt ist, wo es gibt. Wenn man es nicht tut. Da legst di nieder. Aber gut. Okay. Einverstanden. Meinetwegen. Ich kapier's zwar nicht, aber wenn es seinen Zweck erfüllt, bittschön. Außerdem bedeutet diese Information für mich eine ungeheure Erleichterung. Ich will mir nämlich gar nicht vorstellen müssen, wie die zwei es tun. Und ein einziges Mal hat ja anscheinend auch schon gereicht für die Zwillinge. Mehr verlang ich ja gar nicht.

Die zweite Form der Migräne ist die eingebildete. Ausgesprochen viele Krankheiten sind eingebildet, hysterisch, hypochondrisch, psychosomatisch oder alles zusammen. Dagegen helfen Globuli ganz gut. Das ist sowieso das eigentliche Spezialgebiet für all dieses homöopathische Zeugs: Einbildung. Der Patient muss sich nur ganz fest einbilden, dass die Globuli helfen, dann wird die eingebildete Krankheit mit Hilfe des Placenta-Effekts durch die eingebildete Gesundheit verdrängt.

Außerdem gibt es Migräne, die gar keine Migräne ist, sondern einfach nur starke Kopfschmerzen. Der Patient meint nur, er hat Migräne. So wie die Leute sagen, sie haben eine Grippe, und in Wirklichkeit ist es nur ein banaler Schnupfen.

Schließlich gibt es noch die echte Migräne, was eben die echte Migräne ist, und eben diese Art hat die Diätlind. Gegen die echte Migräne gibt es echte Medikamente, die ein Schweinegeld kosten, die aber die Kasse zahlt. Aber die Medikamente will die Diätlind nicht, weil Schulmedizin. Da fährt sie lieber stundenlang mit der Bahn zu ihrer anthroposophischen Heilpraktikerin nach Füssen und lässt sich dort für teures Geld einen Haufen Hokuspokus andrehen. Geholfen hat der in zehn Jahren jedenfalls nichts.

Anfangs dachte ich noch, sie hätte einen Hirntumor, die Diätlind. X-mal hab ich ihr angeboten, dass ich sie zum

Röntgen schick. »Diätlind«, hab ich gesagt, »ich schick dich zum Röntgen, da wissen sie sofort, was mit deiner Rübe kaputt ist. Die sagen dir auf die Birne zu, was für eine Sorte Tumor das ist, in deinem Hirn. Ob gutmütig oder böswillig. Und auch, wie lange du noch …«

Aber zum Röntgen wollte die Diätlind ums Verrecken nicht, wegen Strahlung. Und mittlerweile glaub ich auch nicht mehr an einen Tumor. Selbst der langsamste Tumor hätte keine zehn Jahre gebraucht, um dieses Spatzenhirn zu fressen. Oder, und das wäre eine gänzlich neue Möglichkeit, die mir da grad eben einfällt, oder es ist doch ein Tumor, sodass ihr ganzes Hirn jetzt nur noch aus Tumormasse besteht. Das könnt natürlich gut sein und würde so allerhand erklären. Gleich morgen muss ich ihr meine neuste Theorie unterjubeln.

Aber was reg ich mich schon wieder über die Diätlind auf? Was geht mich überhaupt die Diätlind an?

18

Heut Abend ist endlich die Leich vom Haslingerbauern, auf die sich die Minna so freut.

Wir sind beim »Vogelwirt« in Vogeltann, was die einzige übrig gebliebene original-bayrische Gastwirtschaft ist in der ganzen Gemeinde, natürlich mit original-bayrischem Biergarten, versteht sich. Sämtliche anderen alten Bauernkneipen sind zusammen mit ihren Wirten nach und nach ausgestorben. An manchen hängt jetzt eine Leuchtreklame mit »Pizza«, »Kebab«, »Gyros« oder »Döner« drauf, und die wechselt auch noch fliegend.

Nur der »Vogelwirt« hat noch original-bayrische Küche und nahezu bayrisches Personal.

Die Minna trägt ihre original Allgäuer Altweibertracht, die man zu jedem Anlass tragen kann, wenn man das entsprechende Alter erreicht hat. In der Minna ihrem Alter sind diese Anlässe vorwiegend Beerdigungen. Ich hab selbstverständlich auch ein Dirndl im Schrank, also, ein richtiges, ein original-bayrisches von hier, das noch von meiner Mutter selbst genäht ist. Nicht so ein billiges ultrakurzes Lidl-Imitat für neununddreißig Euro, was die flachbrüstigen Schwabenschlampen auf ihr Cannstatter Vollkotzfest anziehen. Mein original-bayrisches Dirndl wär auf einer Trauerfeier allerdings wegen der überbetonten Oberweite reichlich fehl am Platze. Richtige Trauerkleidung besitze ich nicht, zu Gelegenheiten dieser Art trag ich halt ein kleines Schwarzes, das kommt immer gut. Auch wenn es mit den Jahren stetig kleiner geworden ist.

Die Leich ist eine große Gaudi, wie es solche Zusammenkünfte eigentlich immer sind. Man lässt die Toten tot sein und befasst sich lieber mit den Lebenden. Mein Tischnachbar will sich ein bisschen zu viel mit mir befassen und riskiert gleich eine Watschen. Der Vogelwirt packt seine Ziehharmonika aus, und wir tanzen Polka und den Zillertaler Hochzeitsmarsch bis zum Abwinken. Zum Essen gibt's gemischten Braten mit verschiedenen Knödeln und Kartoffelsalat und handgeschabten Spatzen. Irgendwann mag ich gar nicht mehr von meinem Stuhl aufstehen, so voll bin ich. Auch Tanzen geht nicht mehr. Aber dann wird in einem Nebenraum ein Büfett mit Desserts aufgebaut, und die Minna schleppt mich mit. Wir knallen auf unsere Teller, was draufpasst, vor allem Tiramisu und Fruchtsalat mit Sahne und Eis. Plötzlich kommt die Helga rein, was die Witwe vom verstorbenen Bauern ist, und auch sie schaufelt ihren Teller voll bis Anschlag. Wie sie grad am Gehen ist, stellt sich die Minna ihr in den Weg und fragt so komisch freundlich: »Schmeckt's?«

»Ja, freilich schmeckt's, siehst es ja«, sagt die Bäuerin, hält der Minna ihren vollen Teller vors Gesicht und will damit zur Tür hinaus.

Aber die Minna lässt sie nicht. Erst versperrt sie ihr den Weg, dann drückt sie die Tür hinter sich zu. Was wird das denn jetzt?, frag ich mich verwundert.

Auch die Bäuerin schaut verdutzt, und die Minna fragt ganz teilnahmsvoll: »Des ist jetzt aber plötzlich alles ganz schnell gegangen mit dem Gustl, gell?«

Die Bäuerin schaut immer irritierter. Eigentlich will sie den Raum verlassen, aber die Minna steht ihr noch immer im Weg und macht keine Anstalten, zur Seite zu gehen.

»Der Herrgott hat halt ein Einsehen gehabt«, sagt sie schließlich, richtet den Blick zur Decke und schlägt dazu mit ihrer freien Hand ein Kreuz.

»Und des mit der Einäscherung ging auch recht zügig«, fährt die Minna fort.

»Freilich«, sagt die Bäuerin, »wo er sich doch so arg eine Feuerbestattung gewünscht hat. Damit er recht schnell beim lieben Herrgott sein darf. Der ihn so gnädig zu sich heimgeholt hat. Meinen armen Mann.«

»Soso, der liebe Herrgott war's also«, sagt die Minna mit deutlich erhobener Stimme. »Gnädig und vor allem pünktlich war der, gell?«

»Ja, freilich war's der Herrgott, wer denn sonst?«, empört sich die Bäuerin und unternimmt einen halbherzigen Versuch, ein paar Schritte Richtung Tür zu machen. Der nicht funktioniert.

»Des tät ich auch gern wissen, wer des war«, sagt die Minna noch eine Stufe lauter.

Jetzt wird auch die Bäuerin aggressiv. »Was willst du damit sagen?«, faucht sie die Minna an. »Willst du uns etwa unterstellen, dass …?«

»Ich brauch euch gar nix unterstellen, du bigotte Heuchlerin!«, schreit jetzt die Minna los. »Das, was ich wissen muss, weiß ich auch so.«

»Was fällt dir eigentlich ein, du alte Vettel?«, brüllt da die Bäuerin zurück. »So was lass ich mir nicht sagen, von dir schon gar nicht und erst recht nicht auf der Beerdigung von meinem Gustl!« Immer weiter steigert sie sich rein in ihre Wut. »Der Gustl ist tot und verbrannt, also gibt's auch keinerlei Beweis –« Die Bäuerin verstummt schlagartig und hält sich die Hand vors Maul.

Von unseren Tellern tropft der geschmolzene Eisberg auf den Parkettfußboden, aber keinen interessiert's.

»Dass du dich da mal nicht täuschst«, sagt die Minna drohend, stellt ihren Teller weg und geht ein paar Meter zur Seite.

»Wie meinst denn das jetzt genau?«, fragt die Bäuerin eingeschüchtert. Der Weg zur Tür wär jetzt frei, aber sie traut sich keinen Schritt mehr zu machen.

Die Minna bückt sich und holt was unter einem Tisch hervor. Eine große Aldi-Tüte. Die hebt sie hoch und lässt sie vor sich hin und her baumeln.

»Ja, packt's euch nur alles ein, was übrig ist, wird doch sonst bloß schlecht.« Die Bäuerin zeigt gönnerhaft auf die Reste des Büfetts.

»Wir nehmen gar nix mit«, sagt die Minna im Tonfall einer Klapperschlange. »Im Gegenteil, wir haben was für dich dabei.« Aus ihrer Aldi-Tüte zieht sie einen von diesen ekelhaften halb vollen gelben Pissbeuteln hervor, wie sie der verstorbene Gustl unter seinem Bett hängen gehabt hat.

Pfui Deifi, durchfährt es mich eiskalt. Die Minna ist doch eine echte Sau! Und das beim Essen! Mir wird schlecht. Mein Magen dreht sich quer, gleich kommt mir alles hoch. Ich schau die Bäuerin an. Ihr scheint es genauso zu gehen. Sie ist kreidebleich und vor Übelkeit oder Ekel oder vor beidem wie erstarrt.

Der Minna ist das scheißegal. »Was glaubst du wohl, meine liebe Helga, was glaubst du wohl, was man finden wird, wenn man diesen Beutel hier obduziert?«, sagt sie ganz leise und drohend.

»Wo hast du das her?«, fragt die Bäuerin mit bebender Stimme.

Aber die Minna antwortet nicht. Mit einem triumphalen Grinsen schwenkt sie den Beutel über der Helga ihren Früchteteller.

Und auf einmal weiß die Bäuerin ziemlich schnell von selbst, woher der Beutel stammt und was in ihm drin ist. Nämlich das, was die Minna vermutet hat. Ein Gift. Da braucht sie gar nix weiter sagen dazu, die Bäuerin, das sieht jeder Blindenhund. Plötzlich geht die Tür auf, und der Vogelwirt platzt in unser trautes Damenkränzchen.

»Alles zur besten Zufriedenheit, die Damen?«, fragt er gut gelaunt und will dann wissen, ob das Eis nicht schmeckt, weil es noch immer nur so von unseren Tellern rinnt.

»Alles gut«, antworte ich, »war nur ein bisserl viel, so alles auf einmal.« Das kann man wohl sagen.

Als sich der Vogelwirt wieder verabschiedet hat, sagt die Minna zur Bäuerin: »Wir reden später. Jetzt wird erst mal weitergefeiert.« Dann will sie mir die Aldi-Tüte in die Hand drücken, dass ich sie raus in meinen BMW bring. Zur Beweissicherung.

»Ich fass das Zeugs nicht an, diesen ekligen Pissbeutel da, des brauchst du gar nicht meinen«, weigere ich mich energisch.

»Da ist doch bloß Apfelschorle drin«, flüstert die Minna, sodass ich schließlich doch die Tüte ins Auto bring. Die Minna ist doch eine Sau, denk ich, eine Riesensau sogar.

Als es finster ist, wird die Leich zum End hin noch so richtig stimmungsvoll. Die Enkel vom verstorbenen Bauern zünden sechzig Himmelslaternen an und lassen sie steigen. Sie sprechen ein Gebet dazu und behaupten, dass die Seele vom Opa jetzt in den Himmel schwebt, was am nächtlichen Firmament unglaublich schön aussieht, fast möchte man's schon glauben. Dazu lassen sie eine traurige Musi laufen, Patrona Bavariae: »... hoch überm Sternenzelt, nimm mich an deiner Hand ...« Eine Himmelslaterne schafft es allerdings nicht bis hinauf in den Himmel, sondern sinkt auf einem Acker nieder, gleich beim Nachbardorf St. Pottsau, wo sie einen Heuschober in Brand setzt, was bei uns allen sehr romantisch rüberkommt, so ein Strohfeuer bei Nacht. Später bauen zwei Besoffene sich eine Räuberleiter und wollen auf dem Wirtshausschild über das O vom »Vogelwirt« die zwei schon hundertmal zugegipsten Punkte wenigstens wieder mit einem Edding drübermalen, wenn schon niemand ein Gewehr dabeihat. Aber die Leiter bricht zusammen, und sie fallen auf den Arsch, was sie in ihrem Suff jedoch nicht weiter merken. Zum Schluss singt der Vogelwirt: »Muss i denn, muss i denn zum Städtele hinaus«, weil er uns endlich loswerden will. Als jemand allerdings behauptet, das sei doch ein Schwabenlied, kommt es endlich zur traditionellen Schlägerei, wie immer bei Hochzeiten und Beerdigungen. Ich pack mir die Minna, wir flüchten raus zum BMW und hauen ab, so schnell kannst gar nicht schaun.

19

Heut ist der Mutter ihr Todestag, da geh ich ausnahmsweise in die Kirch und zünd ein Kerzerl für sie an. Meine arme Mutter war eine halbe Italienerin aus Südtirol, was nicht zum österreichischen Tirol gehört, Gott verhüt, sondern zu Italien. Deshalb heiß ich offiziell auch Elisabetta, was natürlich schnell zu Liesel eingebayert wurde. Und wegen meiner Mutter bin ich auch dunkelhaarig und nicht besonders groß. Bis auf meine Oberweite, die ist groß, aber väterlicherseits, versteht sich.

Als kleines Kind zog meine arme Mutter mit ihren Eltern aus einem kleinen Dolomitendorf in ein kleines Bayerndorf im Fötztal, in dem meine Großeltern auf einem kleinen Bauernhof in der Landwirtschaft gehalten wurden und es kaum einmal aus dem Fötztal rausschafften. Meine arme Mutter war genauso ein Wirbelwind wie ich, als sie jung war. Grundsätzlich ist sie nur an die Falschen geraten, lauter Hallodris, und es ist ein Wunder, dass sie es überhaupt geschafft hat, zwanzig zu werden und nicht schwanger.

Zur Strafe für ihr umtriebiges Wesen wurde sie genau an ihrem zwanzigsten Geburtstag mit dem langweiligsten Postboten von ganz Oberbayern zwangsverheiratet, damit sie endlich Ruhe gibt. Den Rest ihres kurzen Lebens schuftete sie als Sklavin für alles und jeden in der »Alten Post« in Heiterbach. Die »Alte Post«, das war Poststation und Bauernkneipe in einem. Tagsüber Post, nachts Kneipe. Dreiundzwanzig Jahre lang hat meine arme Mutter Nacht für Nacht bedient und mit den Gästen zusammen geraucht, Karten gespielt, gesungen und gesoffen, bis auch der letzte volltrunkene Bauer aus dem Wirtshaus rausgetaumelt war. Der Dank dafür waren eine Leberzirrhose und ein Lungenkrebs. An einem von beiden ist sie mit knapp Mitte vierzig ziemlich elendig gestorben.

Als ich selbst fünfzehn war, ging mit mir das gleiche Spiel

von vorne los. Erst durfte ich keinen Typ mit nach Hause bringen, ich widersetzte mich natürlich, und später waren es dann ungehobelte Fußballer, ausgeflippte Musiker und der eine oder andere vollkommen hoffnungslose Nachwuchskünstler oder schlimmer noch, ein Dichter.

Wegen ihrer eigenen schlechten Erfahrungen mit sich selbst und mit wer weiß wie vielen Typen hat mich meine arme Mutter vor allem und jedem eindringlich gewarnt. Tu es ja nicht ohne Pille. Oder Kondom. Am besten nicht ohne beides zusammen. Am besten, du tust es überhaupt nicht. Und schon überhaupt gar nicht im Freien, auf einem Heuboden, in einer Scheune oder im Wald. Und auch nicht auf einem Hochsitz und ganz besonders nicht im Auto. Was soll denn da noch übrig bleiben, bittschön? Heute versteh ich sie natürlich besser. Was nicht etwa heißen soll, dass ich mich dran halt. Schließlich bin ich alt genug, um zu wissen, was ich tu. Die jungen Leute heutzutag muss man natürlich vor sich selbst schützen, das ist klar. Wenn zum Beispiel das Zeiserl einmal so weit ist, dass es in das gefährliche Alter kommt. Das hab ich mir fest vorgenommen. Meine Tochter wird einmal keinem pickligen und notorisch notgeilen Grünschnabel zum Opfer fallen, der sie dann betatscht und befingert und ihr seinen … Ich darf gar nicht dran denken! Spätestens mit vierzehn wird es eingesperrt, das Zeiserl. Ungefähr so lang, bis es vierundzwanzig ist. Dann sieht man weiter.

Wie ich so über das Zeiserl, meine arme Mutter und meine wilde Jugend nachdenk, hör ich von der Empore her Orgelmusik. Es ist aber nicht die normale Kirchenorgelmusik, die man von den Gottesdiensten so kennt, irgendwas Heiliges oder so ein Bach-Refugium, das hör ich gleich. Nein, dort droben spielt jemand alte Schnulzen aus meiner wilden Jugend, »Whiter Shade of Pale« und »Nights in White Satin«. Ganz wunderschön klingen die Lieder auf der Orgel, und in mir erwachen hunderttausend Erinnerungen an romantische Nächte oder an wilde Feten, bei denen man gemerkt hat, dass sie aufs End zugehen, wenn die Musi immer langsamer wird, damit man eine letzte Runde Stehblues tanzen kann, bei der sich dann herausstellt, ob das noch was wird heut Nacht mit diesem langhaarigen Burschen da. Und sobald der Stehblues einsetzt, muss man als heiß begehrtes Mädel zusehn, dass man nicht einen von den bleichen, pickligen, notgeilen Losern abkriegt, die sich die ganze Fete über im Hinterhalt an Bier und Zigaretten festgehalten und sich Mut angesoffen haben, damit sie bei der alles entscheidenden letzten Stehbluesrunde endlich den Versuch riskieren, ein scharfes Madel in die Finger zu kriegen, an das sie sich vier Stunden lang und nüchtern im Leben nicht rangetraut hätten.

Jetzt muss ich doch mal los und nach oben schauen, die knarrende Kirchenholztreppe hoch, dahin, wo die Orgel steht, und da seh ich ihn sitzen, den Orgelspieler. Ein Mann mittleren Alters mit kaum noch Haaren und in schwarzer Priesterkleidung. »Dust in the Wind« spielt er grad so schön. Jetzt schaut er zu mir her, entdeckt mich, und ich bedeute ihm, dass er doch bitte weiterspielen und sich ja nicht von mir stören lassen soll. Er spielt das Lied zu Ende und schaut dann wieder zu mir her. Ganz komisch schaut er mich an, und ich weiß gar nicht, was ich sagen oder tun soll. Am liebsten wär mir, wenn er einfach nur weiterspielen würd, die schönen Lieder von damals, aber er schaut immer noch so komisch zu mir her. Dann sagt er plötzlich: »Du kennst mi nimmer, gell, Liesel?«

»Nein«, sag ich und habe keine Ahnung.

»I bin's doch, der Heini Keyboard Schmitt«, sagt der fremde Priester und schaut ganz erwartungsvoll zu mir her.

»Der Heini Keyboard Schmitt«, wiederhole ich langsam, um Zeit zu gewinnen. Aber nix. Ich hab keine Ahnung, wer das da vor mir ist.

»Du bist doch die Liesel?!«, sagt er, irgendwie erfreut.

Wenigstens das kann ich guten Gewissens bestätigen. »Ja«, sag ich, »ich bin die Liesel. Und wer sind Sie?«

»Ja, der Heini Keyboard Schmitt eben«, sagt er noch einmal.

Was mir nicht im Mindesten auf die Sprünge hilft.

»Aber an Haindling oder Hubert von Goisern erinnerst dich, oder?«

»Jaaaa«, sage ich langsam, »schoooon.« Das waren natürlich weltbekannte Bands, damals in ganz Bayern, mit wilden langhaarigen Gitarristen und völlig durchgeknallten Drummern, mit denen ich immer wieder mal …

»Ich war damals bei denen gelegentlich Keyboarder«, strahlt der Priester, doch ich kann mich beim besten Willen nicht erinnern, jemals was mit einem Keyboarder …

»Und jetzt bist du unter die Geistlichen gegangen?«, frage ich, um die Situation zu retten.

»Kirchenmusiker bin ich geworden. Organist, wie man sieht. Die Songs von damals klingen einfach phantastisch auf der Orgel«, freut er sich und spielt ein paar Takte von »Bridge over Troubled Water« und was von Supertramp. Dazu erzählt er mir, dass er wegwollte aus der Provinz und nach München gegangen ist. Er hat mit der Münchener Freiheit gespielt, dann ist er weiter nach London zu Duran Duran und Spandau Ballet, und wie ihn dort das übliche Musikerschicksal ereilt hat, Alkohol, Schlägereien, Drogen, Gefängnis und Frauen, und zwar in genau dieser Reihenfolge, war er mit zweiundzwanzig so im Arsch, dass ihn seine Eltern notfallmäßig nach Hause holen mussten, wo er in einer Nervenheilanstalt gelandet ist. Sein Vater hat ihm schließlich eine Ausbildung zum Kirchenmusiker organisiert, und das ist er bis heute geblieben. Kein Priester also. Nur ein reisender Organist, der von Gemeinde zu Gemeinde tingelt und dort spielt, wo eben grad ein Organist gebraucht wird. Morgen findet in unsrer Kirche hier eine Hochzeit statt, deshalb ist er in seine alte Heimat zurückgekehrt, und da kommt es immer gut, wenn man außer dem üblichen sakrischen Programm auch ein paar gefühlvolle alte Schnulzen spielt.

Das alles erzählt er mir, der Heini Keyboard Schmitt. Ich weiß weder, was ich glauben soll, noch, wer er eigentlich ist, trotzdem bitte ich ihn, noch ein paar alte Songs zu spielen, nur für mich, und er spielt so wunderschön, dass es mir ganz anders wird ums Herz, und plötzlich muss ich heulen, so heulen, dass es mich nur so schüttelt, und urplötzlich fall ich über ihn her, und wir tun es hier, gleich auf der Kirchenbank. Das wenigstens hat meine arme Mutter nicht verboten. Es ist bloß ewig schad, dass er nicht auf der Orgel weiterspielen kann dazu, der Heini Keyboard Schmitt. Das wär eigentlich noch viel schöner, denk ich, aber man soll von einem Mannsbild ja nicht allzu viel auf einmal verlangen.

Als ich zur Kirche rausgeh, dreh ich mich noch einmal um, tauche meine Hand ins Weihwasser und schlage ein Kreuz. Zum Glück ist die Kirche leer. Nur in einer Bank kniet ein altes Mütterchen, von dem aber jeder weiß, dass es stocktaub ist. Das haben wir bestimmt nicht gestört.

20

Zwei Tage später statten die Minna und ich der Haslingerbäuerin einen Hausbesuch ab. Unangemeldet, versteht sich. Grad, wie wir auf den Hof gefahren kommen, tappt sie aus ihrem Kuhstall raus. In ihren dreckigen Gummistiefeln und mit einer Mistgabel in der Hand watet sie durch die schön gleichmäßig über den Hof verteilten Kuhfladen zum Wohnhaus hin und bemerkt uns gar nicht. Ich schalt den Allrad ein, sicherheitshalber, bei den ganzen Fladen hier, und fahr direkt neben sie hin.

»Und, alles panettoni?«, frag ich zum Fenster raus.

Die Bäuerin kriegt einen Mordsschreck, wie sie uns sieht. »Was wollt's ihr denn noch von mir?«, fragt sie und guckt eingeschüchtert drein.

Fast könnt sie einem leidtun. Tut sie aber nicht. Und schon gar nicht der Minna. Die springt aus dem Auto und schleicht auf die Bäuerin zu wie eine Katze Richtung Wanderratte. In der rechten Hand schwenkt sie unauffällig, aber irgendwie bedrohlich eine Aldi-Tüte.

»Nix. Bloß a bisserl schauen«, sagt die Minna und schaut. Astreine Kuhfladen, wohin das Auge blickt. Instinktiv hält sich die Bäuerin ihre Mistgabel vor die Brust, wie um sich vor dem Satan in Minna-Gestalt zu schützen. »Wollt's ihr mich vielleicht erpressen?«, schnauft sie und klammert sich an ihre Forke.

»Auf die Idee bin ich noch gar nicht gekommen«, sagt die Minna. »Aber eigentlich gar kein schlechter Gedanke. Was wär dir unser Schweigen denn wert?«

Als die Bäuerin was vor sich hin stammelt, wird mir das zu blöd. »Raus mit der Wahrheit, wenn's denn recht ist. Und nur die Wahrheit, bittschön«, geh ich dazwischen.

Jetzt wird die Bäuerin so richtig stinkig. »Die Wahrheit?«, schnaubt sie uns an. »Die Wahrheit wollt's? Dann schaut's euch hier doch um! Schaut's euch den ganzen Saustall hier doch an!«, schreit sie, und wir schauen uns den Saustall an. »Nix als Dreck und Arbeit und Arbeit und Dreck! Tag um Tag, Jahr für Jahr«, jammert die Haslingerin an uns hin. »Und für was des alles? Für nix und wieder nix! Die ganze Schufterei nur dafür, dass sie einem zum Schluss noch alles wegnehmen täten, bloß weil man nimmer zahlen kann.«

»Und bloß, weil der Mann nicht pünktlich stirbt«, macht die Minna grad so weiter.

Die Bäuerin heult. Jetzt tut sie mir doch a bisserl leid. Wie sie mit dem Heulen fertig ist, erzählt sie uns, dass eines schönen Tages ein junger Mann auf dem Hof gestanden ist. Über alles sei er im Bilde gewesen. Bestens sogar. Über den Gustl in seinem Koma, über die vielen Schulden und auch über den Termin wegen der Versicherung. Also den sechzigsten Geburtstag. Alles hat der gewusst, erzählt die Helga.

»Und dann?«

»Dann hat er gemeint, dass es so weit gar nicht kommen braucht«, sagt die Bäuerin. Erst hat sie nicht kapiert, was er damit meint, aber dann ist er schnell damit rausgerückt, dass er für den Schlamassel eine blitzsaubere Lösung anbieten kann.

»Blitzsaubere Lösung. Aha. Und die wäre?«

Einen Beutel mit dieser Sondennahrung hat er dabeigehabt, erzählt die Bäuerin. Genau so einen Beutel, wie der Gustl ihn jeden Tag gekriegt hat in seine Magensonde.

In dem Beutel wäre was drin, was Leiden verkürzt, seins und ihrs, so hätt er das gesagt, der junge Mann, erzählt die Helga. »Genau so hat er sich ausgedrückt. Leiden verkürzt es. Seins und meins. Also hab ich's genommen.«

»Wie viel?«, fragt die Minna.

Die Bäuerin druckst kurz herum. »Tausendfünfhundert«, presst sie dann aus sich raus. »Bar netto Kasse.«

»Hui!« Ich pfeife durch die Zähne, und auch die Minna ist sprachlos. Aber nicht lang.

»Unterm Strich kein schlechtes Geschäft, wenn man es sich recht überlegt«, meint sie dann. »Ohne die spezielle

Sondennahrung wär's dir auf jeden Fall bedeutend teurer zu stehen kommen, alles unterm Strich.«

Die Bäuerin nickt zustimmend mit. »Und jetzt?«, fragt sie dann verängstigt.

»Nix und jetzt.« Ich schieb die Minna ins Auto. »Des musst du ausmachen mit …«, sag ich und schau hoch in Richtung zugezogener Himmel. »Oder mit sonst wem. Wir sind nicht die Polizei. Kruzifixnoamal.«

Grad wie ich den Wagen wende und vom Hof will, zieht die Minna zum Abschied den Pissbeutel aus der Aldi-Tüte und schmeißt ihn mit Schwung zum Fenster raus, direkt der Bäuerin vor die Gummistiefel. Der Beutel trifft mitten in einen legefrischen Kuhfladen, dass es nur so spritzt. Die Minna kann es einfach nicht lassen. Die Sau.

In der Praxis angekommen hocken wir uns an den Schreibtisch, trinken Kaffee und denken nach. Wie geht's jetzt weiter? Die Helga hat den jungen Mann nicht gekannt, also muss er von weiters weg sein. Jedenfalls ist er bestimmt nicht von hier, weil hier kennt jeder jeden. Andersrum hat dieser Typ aber die Helga gekannt. Oder, wenn vielleicht nicht wirklich gekannt, dann hat er doch jedenfalls gewusst, was auf dem Hof los ist. Vielleicht hat er es von jemand anderem erfahren. Wahrscheinlich. Also: Wer kommt alles auf einen Hof, wenn es einen häuslichen beziehungsweise höflichen Pflegefall gibt?

Wir machen eine Liste mit Verdächtigen. Als Hauptverdächtige schreibe ich die Minna hin, da die in solchen Fällen die Hausbesuche erledigt. Dann die Angestellten vom Sanitätshaus, die die Pflegebetten, die Rollstühle und die Krücken liefern. Und alles wieder abholen, wenn nicht mehr gebraucht. Weil tot. Weiter: die Angestellten der Apotheken. Davon gibt es zwei, die in Frage kommen. Beide in St. Pottsau. Und nicht zu vergessen das Erzbischöfliche Seniorenstift zur heiligen Dementine. Dorthin kommen die Bettlägerigen gelegentlich zur Kurzzeitpflege, wenn die Angehörigen anderweitig überlastet sind. Zum Beispiel während der Ernte.

Dann die Leute von den drei anderen Hausarztpraxen im weiteren Umkreis. Diese werden gerufen, wenn sie Notdienst haben, am Wochenende und feiertags. Der Zustand von häuslichen und höflichen Pflegefällen verschlechtert sich auffallend gern und häufig zur Weihnachtszeit hin, wenn die Angehörigen endlich mal ihre wohlverdiente Ruhe haben wollen. Dann ruft man den Notdienst, der den ewigen Störenfried für ein paar Tage in die Klinik einweist, und man selbst kann ungestört Weihnachten und Silvester feiern. Ohne lästige und ekelhafte Magensonden, Pissbeutel, dreckige Windeln, schmutzige Bettwäsche, nächtliche Störungen und, und, und. Zudem kostet die Unterbringung im Klinikum nix, ganz im Gegensatz zum Logieren in der Dementine. Dort hält der Erzbischof den Klingelbeutel auf, das glaubt man nicht. Da ist das Weihnachtsgeld im Arsch.

»Die Liste ist zu lang«, sage ich schließlich zur Minna. »Nie im Leben können wir so einen Haufen Leute kontrollieren.«

Und trotzdem. Während die Minna eine Patientin in die Behandlung zwei schiebt, rufe ich bei den drei Hausarztpraxen in der Umgebung an und frage die Kolleginnen, ob sie es in letzter Zeit auch mit toten Pflegefällen zu tun gehabt haben, die zum Ableben hin besonders gelb waren. Die erste Sprechstundenhilfe sagt Nein, aber sie kann es auch nicht wirklich wissen, schließlich geht sie da ja nicht mit hin. Auch die zweite Kollegin, die ich spreche, begleitet den Arzt nicht bei den Hausbesuchen, kann sich aber an so was Ähnliches erinnern. Aus der Abrechnung, Leberzerfallskoma, zweimal sogar. Wahrscheinlich. Und wieso ich das wissen will, fragt sie mich. Statistik, sag ich und wünsch ihr einen schönen Tag. Die dritte Kollegin der dritten Praxis ist gesprächiger, auch sie weiß von mindestens zwei Fällen und war sogar selbst mit dabei. Ihr Chef ist auch nicht mehr der Jüngste, bla, bla, bla, das alles kennt man ja, jedenfalls: Ja, auffallend gelb waren sie. Zwei tote gelbe alte Frauen. Im letzten halben Jahr. Und auch sie fragt, wieso ich das wissen will.

21

Kaum, wie ich den Hörer aufgelegt hab, schellt das Telefon. Eine heulende Frau ist dran. Durch das Geplärr kann ich sie nur schwer verstehen. Ihr Chef ist tot, jammert sie ein paarmal. Ja, dann seien Sie doch froh, liebe Frau, sag ich fast. Wer wird denn so heulen, bloß weil der Chef tot umgefallen ist? Endlich dringt durch das Geheul der Name: Rahmseiher. Der Rahmseiher ist tot. So viel hab ich jetzt verstanden, und das reicht.

Ich leg auf, geh zum Doktor in sein Zimmer und sag es ihm.

»Gottverdammich!«, flucht der. Weil der Rahmseiher tot ist oder weil er vor Schreck über mein Hereinplatzen danebengeschossen hat, weiß ich nicht genau.

Drei Minuten später rennen wir zum Auto, und im Losfahren springt auch noch die Minna ungefragt auf den Rücksitz.

Als wir das Sägewerk erreichen, stehen schon alle Holzarbeiter mit betretenem Gesicht ums Haus rum. Drinnen steht die Äfa und heult, was rausgeht. Sie sieht uns, zeigt nach oben, und der Doktor ist die Treppe hoch, so schnell kannst gar nicht schauen. Minna und ich hinterher. In einer dumpfen Bauernstube hockt jemand zusammengesunken in einem Lehnstuhl. Aber die Person ist nicht der Rahmseiher. Ich hab keine Ahnung, wer das sein soll.

»Wer soll das sein?«, frag ich den Doktor, der den Patienten mit seiner Stablampe anleuchtet.

Als die Minna das Deckenlicht einschaltet, krieg ich einen Riesenschreck. Der Patient ist tot und safrangelb. Aber es ist nicht der Rahmseiher.

»Das ist die Rahmseiherin«, sagt der Doktor leise.

»Ist die nicht schon ewig tot?«, wundere ich mich.

»Nicht seine Frau. Seine Mutter«, kommt es vom Doktor.

»Aber auch die ist doch schon seit Jahren tot?«, muss ich

mich wundern. Jetzt wird's hier echt psycho. Wie in diesem Film. Der Rahmseiher hat seine tote Mutter jahrelang im Lehnstuhl hocken lassen, um, ja, wozu nur, um Gottes willen? Hilflos schau ich die Minna an.

Die guckt genauso dumm wie ich und zuckt die Schultern. Plötzlich erschrickt sie, das seh ich an ihrem Gesicht, und wie ich mich umdreh, steht hinter mir ein Mann. Aber auch der ist nicht der Rahmseiher. Und hinter dem Mann steht die Äfa im Flur. Sie ist immer noch am Heulen und deutet mit dem Arm in Richtung Flur.

Der Doktor erhebt sich, und wir machen eine stille Prozession ins Nebenzimmer. Da ist er jetzt endlich, der Rahmseiher. In seinem Bett liegt er. Auch tot. Auch gelb. Jetzt krieg ich es ernsthaft mit der Angst. Der Typ muss hier sein. Der Giftverkäufer. Wahrscheinlich ist es der Typ, der seelenruhig neben der Äfa steht, als wie wenn nix wär. Und hat zwei Menschen auf dem Gewissen. Na, warte, Freundchen! Der Rahmseiher hat doch irgendwo ein Jagdgewehr. Bestimmt steht es genauso unverschlossen in der Wohnung rum wie dem Doktor seins in unsrer Praxis. Ich schau mich unauffällig um, behalte aber den Typen und die Äfa genau im Auge. Vielleicht stecken sie ja beide unter einer Decke?

Die Minuten rieseln. Die vier stehen immer noch um den Toten rum, und ich find immer noch einfach kein Gewehr. So leise wie möglich schleich ich mich die Treppe runter ins Wohnzimmer. Und was entdeck ich da? Einen ganzen Schrank. Voll mit Waffen. Na also. Sogar ein Revolver ist dabei. Astrein. Ich nehm ihn mit nach oben, tret wieder in das Leichenzimmer und rufe: »Hände hoch!« Alle nehmen die Hände hoch, sogar die Minna. Ich ziele aber nur auf den Mann. »Gestehen Sie!«, befehle ich ihm harsch, um die Sache schnell zu beenden, aber der Mann schaut mich nur dümmlich an.

»Nicht schießen! Otar versteht kein Deutsch!«, ruft da die Äfa aufgeregt und stellt sich vor den Mann hin.

Ein sauberes Pärchen hab ich da erwischt, denk ich mir.

Der Typ versteht also kein Deutsch, womöglich ist er sogar ein Ausländer. Und die scheinheilige Äfa versucht auch noch, ihn zu decken. Klar, wenn man unter einer Decke steckt. Oder deckt der Typ die Äfa?, denk ich mir, aber damit ist jetzt Schluss.

»Schluss jetzt!«, ruft nun auch der Doktor, und ich bin froh, dass mir jemand zu Hilfe kommt. »Das ist der Dr. Dschugaschwilli aus Georgien. Er hat sich um die beiden Pflegefälle gekümmert«, erklärt da der Doktor und sagt, dass ich den Revolver weglegen soll, bittschön.

Ich bin baff. Nach und nach erfahren wir die ganze Geschichte. Dass die steinalte Mutter, die Hedwig Rahmseiher, schon fast zehn Jahre lang ein Pflegefall war. Und der Sägewerksbesitzer kurz davorstand, selbst einer zu werden. Von wegen Parkinson. Und dass der Dr. Dschugaschwilli ein Arzt aus Georgien ist, dessen Ausbildung in Bayern aber nicht anerkannt wird. Logisch. Irgendjemand aus Stuttgart hat ihn als Pflegekraft hierher vermittelt. Gegen Kost und Logis. Er versteht wohl etwas Schwäbisch, aber kaum Bayrisch. Der Doktor weiß auch, dass der Rahmseiher Schluss machen wollte mit allem, wenn's denn mit ihm noch weiter bergab gegangen wär. Zwei Pflegefälle unter einem Dach, das wär definitiv einer zu viel gewesen.

»Eigentlich hätt ich erwartet, dass er den da nimmt«, sagt der Doktor und zeigt auf meinen Revolver. Ich leg ihn endgültig auf die Seite. Und zur Minna sagt er: »Stell die Totenscheine aus. Ohne Löcher geht's eh besser. Mach's einfach wie immer.«

Während alle beschäftigt sind, pack ich die Äfa unsanft am Ärmel, zieh sie die Treppe runter ins Wohnzimmer und presse sie gegen den Waffenschrank. »Wer war in letzter Zeit alles hier?«, will ich wissen.

»Alles war da«, stammelt die Äfa. »Katholische Sozialstation, Johanniter, Rotes Kreuz, Diakonie, Müllabfuhr, zwei Priester –«

»Hör auf«, unterbrech ich sie, und sie hört auf. Aber was

der Rahmseiher mit diesen Leuten besprochen hat, weiß sie nicht. Nur, dass gestern Abend zwei große leere Gläser im Zimmer von der Hedwig gestanden sind. Wie Milch. Oder fast Joghurt. Oder so.

»Wo sind die Gläser jetzt?«, will ich wissen.

»Spülmaschine. Sauber!«

Ganz sauber.

22

Zu Hause treff ich den Rudi vor dem Haus im Garten. Mit den Kindern zusammen hockt er in der Wiese und baut. Schon seit Tagen werkelt er an einem Meerschweinchenstall herum, aber es scheint, es wird eher ein Großgehege oder sogar ein richtiger Zoo. Mit verschiedenen kleinen und größeren Ställchen und Häusern, einer riesigen Wiese, Büschen, Blumen und natürlich mit einem großen grünen Zaun drum herum. Nicht nur Meerschweinchen, auch Kaninchen sollen da später rein. Von der Diätlind würden die armen Kinder nie Meerschweinchen kriegen, weil Fleisch. Der Schoppenhauer hilft mit beim Bauen, wo er kann, und schwingt den Hammer, dass es nur so knallt, wenn er was trifft. Das Zeiserl sortiert derweil Nägel und Schrauben in eine Plastikbox, schön säuberlich nach Größe. Dabei singt sie vor sich hin. Wie dieses Kind nur immer irgendwas vor sich hin singt und ein Liedchen auf den Lippen hat. Nicht so ein heiseres, nervtötendes Gekrächze wie bei den meisten anderen Kindern. Nein, dieses Kind kann singen. Richtig singen. Mein Zeiserl eben.

Die Diätlind kommt an den Zaun und schaut sich mein neues Auto an. »Wie viele Alcantaras haben für diese Ledersitze sterben müssen?«, fragt sie.

Zur Strafe zählt ihr der Rudi haarklein auf, was es alles Leckeres bei uns zu Essen gegeben hat, den Tag über.

Die Diätlind steht wiederkäuend da, lässt den Menüplan über sich ergehen und zerbeißt deutlich hörbar ihren Heilstein. Ich drück sie ganz fest. Die Kinder natürlich, nicht die Diätlind, und geb ihnen einen Kuss, bevor sie zu ihren leiblichen Rabeneltern ins Bett rüber müssen.

Später in der Küche erzähl ich dem Rudi von den gelben Toten und dem Gift. Ich erzähl ihm überhaupt jeden Abend alles, was tagsüber in der Praxis los war, wer alles mit welchen

Krankheiten da war, was ich dagegen unternommen hab und wer gestorben ist und so. Damit er was vom Dorfleben mitkriegt, wo er doch nur noch so selten rausgeht. Der Rudi sitzt derweil hinter seinem alkoholfreien Bier und zieht an seiner Elektrozigarette. Der kastrierte Mann, denke ich wieder einmal, und er tut mir leid. So wie ich mir selbst natürlich auch leidtue, wegen dem ganzen Schlamassel, was da so um mich herum passiert. Das ist nicht mehr der Rudi, den ich mal geheiratet hab. Vielen Frauen wär das scheißegal, wenn ihr Alter impotent wär. Das kennt man ja zur Genüge. In der Gertrud ihrem Laden unterhalten wir uns oft und ausführlich miteinander über unsere Mannsbilder, wir gestandenen Landfrauen. Und nicht wenige von uns beklagen sich über die völlig übersteigerte Triebhaftigkeit ihrer Angetrauten und sagen, dass es ihnen lieber wär, wenn's weniger wär. Manchen wär es sogar schnurzegal, wenn's damit vorbei wär. Ganz. Weil, gestern Nacht zum Beispiel, da wollt der Heinz schon wieder, hat die Moni mal gesagt, und sie hat überhaupts nicht die geringste Lust drauf ghabt. Sie hat sowieso überhaupts nie mehr die geringste Lust auf diesen ganzen blöden Sex, seit Jahren nicht. Und drei Kinder müssen ja wohl reichen, also wozu überhaupt noch das ganze Getue? Und die Caroline springt ihr bei und jammert den ganzen Laden voll über ihren Rolf, den geilen Bock, jeden Tag tät der wollen, wenn sie ihn nur ranlässt, wie der will. Wie ein Ehepaar aus Tübingen in den Laden reinkommt, sich daneben hinstellt und uns eine Weile zuhört, schaut die Frau ihren Mann total vorwurfsvoll an. »Da hascht es ghört«, sagt die Frau zu ihrem Angetrauten. Und zu uns gedreht sagt sie: »Der da hat au emmer bloß Sex em Kopf, der alte Rammler.« Von uns Landfrauen hat sich nur die Gertrud wirklich gefreut. Ihr Günther ist schon lang tot, so hat sie ihre Ruhe.

So sitz ich also da, am Küchentisch, mit meinem Mann oder mit dem, was von ihm übrig ist, ich, die Liesel Sumpfmoser, immer noch Mitte fünfundvierzigjährige Arzthelferin im heulklimatischen Lustkurort Eiterbach im schönen Allgäu. Derzeit allerdings mehr heulklimatisch als Lustkur. Mein halbes Leben ist vorbei. Soll die andere Hälfte grad so weitergehen?

»Ihr müsst ihm eine Falle stellen.«

Andererseits will ich den Rudi nicht verlassen. Er braucht mich, und irgendwie brauch ich ihn ja auch. Aber vor allem braucht er die Kinder, und ich brauch die Kinder natürlich auch, und die Kinder brauchen uns, und irgendwie brauch ich sogar die Diätlind, ich weiß zwar nicht, wozu, wahrscheinlich einfach nur eine schlechte Angewohnheit, aber die Diätlind braucht uns genauso, wenn nicht sogar noch viel mehr. Denn wenn sie uns nicht hätt, müssten ihre Kinder verhungern.

»Ihr müsst ihm eine Falle stellen.«

Und das mit der Lust, da hat sich noch immer eine Lösung gefunden. Viele im Dorf haben einen Zweitmann oder eine Zweitfrau. Die legen sie sich zu, wenn es mit der Erstbesetzung nicht mehr so läuft. Meistens irgendwo außerhalb, natürlich. In unserer Praxis kriegt man jede Menge Klatsch und Tratsch mit. Und in der Gertrud ihrem Laden noch viel mehr, logisch.

»Ihr müsst ihm eine Falle stellen!«

»Was hast gsagt?«

»Ihr müsst ihm eine Falle stellen«, sagt der Rudi und reißt mich aus meinen Gedanken.

»Wem?« Ich hab keine Ahnung, von wem oder was er spricht.

»Dem Giftverkäufer natürlich«, erklärt mir der Rudi.

»Dem Giftverkäufer, ja, logisch«, stimme ich ihm zu. Und hab noch immer nicht die geringste Ahnung, was er meint. »Und wie meinst des jetzt genau?« Irgendwie bin ich ja doch neugierig.

»Du hast doch grad eben selbst gesagt, dass ihr eure vielen Pflegefälle nicht alle überwachen könnt.«

»Ja. Und?«

»Dann müsst ihr halt einen neuen erfinden. Einen eigenen Pflegefall.«

»Einen Pflegefall erfinden?«

»Ja, red ich denn Schwäbisch?«, regt sich der Rudi auf. »Grad sag ich's doch! Die Minna und du, ihr zwei müsst halt euren eigenen Pflegefall erfinden. Als Falle. Dann wird er schon irgendwann kommen, der Bursche, den ihr sucht.«

Also, ich hab mir in meinem Leben ja schon so einige verrückte Geschichten ausgedacht, überleg ich, aber einen Pflegefall hab ich noch nie erfunden, bisher.

Der Rudi sieht mir meine Gedanken vermutlich an. »Ihr habt doch einen Haufen alter Leute in der Praxis«, fängt er gleich mit der Planerei an. »Da sucht's ihr euch einfach einen raus, der dann zum Pflegefall gemacht wird. Natürlich nur im Computer, auf dem Papier und bei den Behörden und so. Bei der Krankenkasse. Dann müsst ihr nur noch dafür sorgen, dass sich der Pflegefall rumspricht. Aber das dürfte ja für euch alte Ratschweiber kein Problem sein. Und dann heißt es bloß noch warten und neben dem Pflegefall auf der Lauer liegen.«

Ich bin völlig baff. So einfach ist das? Des hätt ich jetzt nie und nimmer gedacht. Ich geb dem Rudi einen Kuss. Mehr läuft ja leider nicht.

23

»Die Gertrud ist wieder zu Haus«, begrüßt mich die Minna, wie ich am nächsten Morgen in der Praxis einlaufe. »Wir müssen gleich hin. Sofort!« Sie rennt mit ihrer Tasche voraus, ich hinterher und klemm mich hinters Steuer. Ohne einen Kaffee. Saftladen. Zum Glück ist der Aasgeier schon so weit eingelernt, dass er die Praxis für ein paar Stunden allein schmeißen kann.

Der Alois Knoblauch erwartet uns schon auf seinem Hof neben dem handgemalten Schild: »Eier! Vom freilaufenden Bauern! Aus artgerechter Bodenhaltung!«

Weit abgeschieden, zwischen Soichgrub und St. Pottsau, steht er da in blauen Latzhosen, mit grünen Gummistiefeln, schwerem Übergewicht und einem alten Hut und raucht.

Heut früh ist die Gertrud aus dem Klinikum entlassen worden. Pflegestufe drei. Warum sie in ihrem Laden zusammengebrochen ist, haben sie nicht rausfinden können. Herzinfarkt, Schlaganfall, Hirnblutung, geplatztes Aneurysma oder nur ein blöder Unfall? Zutreffendes bitte ankreuzen. Die üblichen Verdächtigen, aber nichts Genaues.

In der Klinik ist sie wieder zu Bewusstsein gekommen, ist aber immer noch völlig neben der Spur und muss zukünftig dauerversorgt werden. Sagt der Arzt. Praktisch rund um die Uhr. Morgens und abends waschen. Dreimal täglich füttern und mindestens genauso oft Windeln wechseln. Bei Bedarf Pissbeutel austauschen. Alle paar Stunden wenden. Von einer Seite auf die andere. Die ganze Gertrud. Und das bei ihrem Gewicht! Der Alois hat es sowieso schon mit dem Ischias und lebt außerdem ganz allein auf seinem Hof. Und die Tochter haust alleinerziehend mit zwei Kindern in St. Pottsau und hat sich aus einer Urlaubslaune heraus auch noch diesen Pekinesen da mitgebracht, der kaum selbstständiger ist als wie ein kleines Kind. Jammert uns der Alois vor. Und dass er dem

Vietkong jeden Tag die Ware in den alten Laden liefern muss, weil der Vietkong ja weder Auto noch Führerschein hat, und dass das mit diesem Laden doch sowieso keine Zukunft mehr hat. Und was für eine Sauerei das ist, dass die Schwaben die personelle Veränderung ausnutzen und den ahnungslosen Vietkong mit dem Wechselgeld bescheißen. Und wie er allein überhaupt das alles machen soll, der Alois, neben seiner ganzen Landwirtschaft, wehleidigt er. Himmelarsch! Unrentabler Laden, dämlicher Vietkong, egoistische Tochter und jetzt auch noch schwerkranke Mutter.

Wir gehen ins Haus rein. Die Gertrud liegt in ihrem ganz normalen uralten Bett und stöhnt vor sich hin. Der Alois hat überhaupt nicht damit gerechnet, dass sie so schnell wieder hier ist. Nix ist vorbereitet, gar nix.

»So geht das nicht!«, schimpft die Minna. »In diesem Bett kann sie nicht liegen bleiben, keinen Tag lang nicht!«

»Aber in dem liegt sie schon seit vierzig Jahren, mindestens«, regt sich der Alois auf. »Ist das jetzt plötzlich nicht mehr gut genug, oder was?«

»Jedenfalls nicht, wenn man Tag und Nacht drin liegt«, wettert die Minna. »Die Matratze ist völlig durchgelegen. Wenn die Patientin umgedreht wird, rollt sie in die Mitte zurück und kriegt postwendend einen Dekubitus.«

»Einen was?«, will der Alois wissen und zieht an seiner Fluppe.

»Das ist ein Druckgeschwür. Ganz eine üble Sache.«

»Aber für ein paar Tage wird's wohl noch gehen«, brummt der Alois.

»Bei dem Gewicht? Auf gar keinen Fall. In dieser Hängematte von Bett kriegst du sie nicht umgedreht. Probier's halt mal, wenn du es nicht glaubst.«

Der Alois lupft seinen alten Bauernhut und kratzt sich hilflos am Kopf. »Ich kann das nicht«, sagt er dann.

»Hast es ja noch nicht einmal probiert. Jetzt mach halt schon. Ich zeig dir auch ein paar Tricks, wie es leichter geht«, ermuntert ihn die Minna.

»Ich kann das aber nicht«, jammert jetzt der Alois wieder wie ein kleines Kind. »Ich kann gar nix von dem ganzen Zeug!«

»Wie jetzt?«, frag ich dazwischen. »Das ist schließlich deine Mutter, also stell dich nicht so an!«

»Aber ich kann so was nicht mit ansehen«, greint der Alois. »Wie die Schwestern in der Klinik an der Mutter rumgemacht haben und so. Das Füttern und Waschen, die Bettpfannen, Urinbeutel und so austauschen! Da bin ich immer raus und eine rauchen. Selbst könnt ich das nicht. Da schüttelt's mich gleich, wenn ich nur dran denke.« Der Alois steckt sich mit zittrigen Händen eine Kippe an.

»Warum hast das denn nicht gleich gesagt?«, fragt ihn die Minna.

»Hab mich nicht getraut«, sagt der Alois kleinlaut in den Rauch rein. »Auch vor den Schwestern dort. Die das alles machen müssen. Tag für Tag. Und ich als Mannsbild, wie komm ich mir denn da vor?« Kippe aus, Kippe an. »Ich hab gemeint, wenn sie erst mal hier ist, also, zu Haus, und wenn keiner zuschaut, dann wird's schon irgendwie gehen.« Der Alois schüttelt den Kopf, und jeder sieht, dass die Situation ihn völlig überfordert.

»Und jetzt?«, frag ich in den Rauch.

»Dementine«, entscheidet die Minna, »und zwar sofort. Wenn die überhaupt so kurzfristig was frei haben. Hier kann die Gertrud jedenfalls nicht bleiben.«

Der Alois zuckt zusammen. »Dementine?«, stammelt er hustend. »Wisst ihr, was das kostet?«

Die Minna nickt. »Klar.«

»Gibt's denn da nix anderes?«, jammert der Alois wieder. »Häusliche Pflege oder so?«

Die Minna erklärt ihm, dass die häusliche Pflege nur das Allernötigste übernimmt und der Großteil der Arbeit trotzdem an den Angehörigen hängen bleibt. Der Alois ist enttäuscht. So hat er sich das alles nicht vorgestellt. Aber eigentlich hat er sich auch gar nix in dieser Richtung vorgestellt. Gab ja bisher keinen Grund dafür. Letzte Woche war die Gertrud noch quietschfidel. Und jetzt dieser Schlamassel.

Ich blättere in dem Papierkram rum, den die Klinikschwestern der Gertrud mitgegeben haben. Katholische Sozialstation, Essen auf Rädern, Bestattungsinstitut Himmelfahrth, »Apotheken Umschau«, Dementine. Dasselbe Zeug wie immer.

Derweil ruft die Minna in der Dementine an, und wir haben Glück. Wir müssen zwar fast zwei Stunden auf den Krankentransport warten, und die Sanitäter maulen uns an, ob wir uns das nicht vorher hätten überlegen können, Patientin her, Patientin zurück, und wir werden schon sehen, was das kostet, aber egal: Die Gertrud ist untergebracht.

Auf der Rückfahrt meint die Minna, dass die Gertrud in der Dementine vor einem Ikterus hoffentlich sicher ist. Die Aussicht finden wir beruhigend.

24

Die Minna ist Feuer und Flamme für dem Rudi seinen Plan mit der Falle. »Wir nehmen einfach die leere Wohnung von meinem Fritzle«, legt sie sofort los.

Das Fritzle ist der Minna ihr verzogener Sohn. Er ist fast so alt wie ich und hat bis vor Kurzem noch bei der Minna mit im Haus gewohnt. In seiner eigenen Wohnung, aber trotzdem mit der Minna. Vor ein paar Monaten ist das Fritzle dann mit seiner langjährigen Freundin zusammengezogen. Endlich. Aber heiraten tut es sie nicht, da nimmt das Fritzle noch Rücksicht auf die Minna. Die ist mit ihrer womöglichen Schwiegertochter nämlich gar nicht einverstanden, da sich die unmögliche Kerstin nicht genügend um das Fritzle sorgt. Davon ist die Minna überzeugt. Wahrscheinlich droht ihm der Hungertod, weil die Kerstin keine Hausfrau ist, sondern ganztags schaffen geht. Womöglich noch anschaffen, denkbar wäre es, so wie die manchmal rumläuft. Sagt die Minna. Und unfruchtbar wird sie wohl auch sein, die Kerstin, wo sich doch in den geschlagenen acht Jahren, wo sie mit dem Fritzle zusammen ist, noch immer kein Nachwuchs eingestellt hat. Aber dafür ist es jetzt eh zu spät, mit über vierzig.

Was geht mich das eigentlich alles an?, frag ich mich. Wichtig ist doch nur, dass dem Fritzle seine Wohnung in der Minna ihrem Haus leer steht. Also die perfekte Location für den perfekten Plan.

»Jetzt suchen wir erst mal nach einem passenden Patienten, und dann schaun wir weiter.« Die Minna schiebt mich vor den PC. Wir suchen. Und entscheiden uns recht schnell für die Wallburga Gruber, auch bekannt als die Gruberbäuerin. Die wohnt im hintersten Winkel von Soichgrub auf dem Altenteil, was ein kleines Häuserl neben dem Hauptgebäude ist, und wird von ihren Kindern mitversorgt. Nicht dass es bei der Gruberbäuerin viel zu versorgen gäbe. Obwohl sie schon neunundachtzig ist, erfreut sie sich immer noch allerbester Gesundheit. Hilft mit auf dem Hof und kommt gelegentlich sogar mit ihrem Radl in der Gertrud ihren Laden auf einen Ratsch rein. Ihr Mann ist lang vor ihr gestorben, so wie sich das gehört. Wenn wir sie rein krankenkassentechnisch in dem Fritzle seine leere Wohnung ummelden, merkt das kein Mensch. Die Gruberbäuerin am allerwenigsten. Für unseren Plan brauchen wir sie auch gar nicht, und das ist ihr sicher auch lieber so.

In der Pause geh ich heim und esse mit dem Rudi und den Kindern zu Mittag. Heut gibt es Pizza mit allem. Endlich mal eine Abwechslung. Die haben sie selbst gemacht, alle zusammen, wie sie mir stolz erklären, die lieben Kinder. Der Schoppenhauer hat ein Gedicht geschrieben und will es mir vorlesen.

»Der Bayer legt Eier,
und aus den Eiern
kommen wieder Bayern«,

verkündet er stolz. Das ist bestimmt auf dem Rudi seinem Mist gewachsen, denke ich, während ich das Gedicht in den Himmel lobe. Auch das Zeiserl will jetzt natürlich mit seinem Können punkten und singt irgendeinen Schlager aus dem Radio, irgendwas mit *»diamonds in the sky«*, so was Neumodisch-Primitives eben, und ich hoff bloß für es, dass es mit der Zeit noch einen besseren Geschmack entwickeln wird, Richtung atemlose Helene Fischer hoffentlich, dann müssen wir auch schon wieder los. Ich hab der Minna versprochen, dass wir die Wohnung vom Fritzle umräumen und die Kinder und der Rudi uns dabei helfen. Schließlich ist der Rudi der einzige schnell ergreifbare Mann im Dorf. Oder was davon übrig ist.

Kaum holen wir die Minna von der Praxis ab, regt die sich ekstatisch auf, weil sie sich zu den Kindern auf den Rücksitz quetschen muss. Dabei ist sie kaum größer als das Zeiserl, und nie würde ich nur wegen ihr die zwei Kleinen bei ihren Eltern zurücklassen. Niemals.

Wir fahren also zur Minna, und wie ich in ihre Straße einbiege, find ich das Haus nicht mehr. »War hier nicht immer deine alte Hütte?«, dreh ich mich fragend zur Minna um.

»Mit Betonung auf war«, sagt die Minna irgendwie vorlaut. »Aber das passt schon, wo wir sind. Und das da ist meine alte Hütte. Bloß in neu. Gell, da schaut's.«

Das kannst aber laut sagen. Wo die alte Hütte stand, steht jetzt ein Prachthaus vom Allerfeinsten.

»Was ist denn hier passiert?«, wollen wir wissen.

»Des ist passiert«, sagt die Minna, steigt aus und zeigt auf die Neubausiedlung neben ihrem neuen Haus. »Das da war alles meins. Die Felder da, auf denen haben sich meine Eltern und Großeltern die Knochen zerschunden. Und ich auch zur Genüge, damals als Kind, vor dem Krieg.«

Die Minna führt uns in ihr Haus rein, und ich glaub, ich spinn. Der blanke Luxus. Eine Küche zum Neidischwerden. Ein riesengroßes Wohnzimmer mit offenem Kamin und ein Flachbildfernseher wie im Kino. Aber ich lass mir von meinem Erstaunen nix anmerken, und wir gehen durch einen abgetrennten Aufgang hoch in die ehemalige Fritzle-Wohnung. Dort dasselbe Bild. Und wunderschöne Möbel, grad wie unten, alles bayrischer Landhausstil, alles Echtholz. Handbemalte Bauernschränke und handgeschnitzte Truhen. Ich werd gleich verrückt. Kein Wunder, dass das Fritzle nicht so schnell ausziehen wollte. Trotz der Minna mit im selben Haus.

»Und jetzt?«, fragt der Rudi.

»Das Bett muss auf die Seite. Damit Platz für das Pflegebett ist. Und alles echt aussieht«, kommandiert die Minna, und wir begeben uns ins Schlafzimmer. Da steht ein Trumm von einem Bett, was ich so noch nie gesehen hab.

Der Rudi geht hin und rüttelt ein bisserl daran rum. »Keine Chance«, sagt er dann. Das Bett ist aus Massivholz. Aus dem ganzen Block gefräst, wie uns der Rudi erklärt. Um das von der Stelle zu rücken, bräuchte es mindestens zwei gesunde Männer, nicht einen ungesunden mit Beinprothese links. »Und jetzt?«, fragt der Rudi schon wieder.

»Dann kommt das Pflegebett eben ins Wohnzimmer«, entscheidet sich die Minna blitzschnell um. »Das Pflegebett wird öfter mal ins Wohnzimmer gestellt. Da können die Patienten fernsehen und sind nicht so allein den ganzen Tag«, erläutert die Minna überzeugend, da sie ja aus ihrem langjährigen Erfahrungsschatz schöpfen kann.

Ganz super Aussichten sind das, denke ich mir. Logisch, dass der Rudi einmal vor mir sterben wird. Er ist ja jetzt schon reichlich angeschlagen, und Männer sterben sowieso viel früher als wir Frauen. Ohne uns Frauen gäb es diese ganzen Probleme nicht. Zum Beispiel keine Rentnerschwemme, keinen Altersberg und auch keinen Pflegenotstand nicht. Das alles ist allein unser Verdienst, denk ich und bin fast schon ein wenig stolz auf uns gestandene Landfrauen. Aber vorher wird, wenn ich mir das so ansehe und der Minna glauben soll, vorher wird der Rudi noch mindestens zwei oder drei Jahre in einem Pflegebett in unserem Wohnzimmer dahinvegetieren. Vorwiegend vor dem Fernseher, wie schon jetzt oft genug. Ich darf gar nicht dran denken, sonst wird mir ganz flau.

»An was denkst du grad, Schatz?«, fragt in dem Moment der Rudi.

Das fragt er sonst nie, also weiß ich gar nicht, was ich antworten soll. Also sag ich nix. »Nix«, sag ich also. »Ich hab nur überlegt, wohin wir jetzt dein Pflegebett stellen.«

»Mein Pflegebett?«

»Dem Fritzle sein Pflegebett, mein ich natürlich.«

Die Minna ist empört. »Wenn schon, dann der Gruberbäuerin ihr Pflegebett! Aber in echt kommt mir ins Bett rein keiner, das wär ja noch mal schöner. Und jetzt geht's wieder runter, ich mach Kaffee.«

Während die Minna schon mal die Treppe runterrennt und Kaffee kocht, packt der Rudi eine große Aldi-Tüte mit den

Spielsachen vom Fritzle voll. Die braucht der nach seinem Auszug nicht mehr. Für den Schoppenhauer gibt's ein paar alte Märklin-Autos, die schön säuberlich in einer Glasvitrine aufgereiht standen, für das Zeiserl mindestens fünf uralte Steiff-Tiere. Was kann ein über vierzigjähriger Kindskopf denn noch mit so altem Spielkram wollen? Nichts. Eben. Also, her damit.

Im Wohnzimmer serviert die Minna uns Kaffee und den Kindern Kaba, dazu gibt es selbst gebackenen Himbeerkuchen und Kekse. Richtig gemütlich ist es bei der Minna. Weil im Riesenfernseher die Nachmittagswiederholung von so einer blödsinnigen Castingshow läuft, sagt der Schoppenhauer irgendwann, dass er, wenn er denn mal groß ist, Dieter Bohlen werden will. Was ich ihm auf der Stelle verbiete. Wie dann so eine Schlagertrulla loslegt, singt das Zeiserl natürlich sofort mit. Das ist überhaupt das Lieblingsspiel vom Zeiserl, das Mitsingen bei diesen Castingshows. Meine Kleine macht das wirklich super, singt alles mit, sogar auf Englisch, wo sie das doch noch gar nicht kann, und tanzt dazu. Während sie singt, blättert der Schoppenhauer in der »Apotheken Umschau« und fragt den Rudi, was eine Analfrisur ist, und der Rudi erklärt ihm, dass genau das, was bei der Diätlind aus dem Kopf raus wächst, dass genau das eine Analfrisur ist.

Wenn es einmal groß ist, sagt das Zeiserl, will es Rihanna werden. Was ich ihm auf der Stelle verbiete. Doch das Zeiserl kann hartnäckig sein, viel hartnäckiger als der Schoppenhauer. Aber klar, der Schoppenhauer ist ja auch bloß ein Mann, und noch nicht mal das.

»Du kannst gar nicht wie Hanna werden, die ist nämlich schwarz!«, ärgere ich das Zeiserl.

Aber das lässt sich nicht beirren. »Wenn ich will, werde ich auch schwarz«, antwortet es trotzig, und ich kann nur hoffen, dass es damit nicht Ernst macht. Zutrauen tu ich dem Zeiserl alles.

25

»Hier Praxis Dr. Verpeilheimer«, meldet sich eine Kollegin am frühen Montagmorgen am Telefon. »Ihr habt doch einen Patienten namens Friedrich Deppendorf?«

»Ja, schon. Was ist mit dem?«, frag ich zurück.

»Nix Besonderes«, beruhigt mich die Kollegin am anderen Ende, »ist am Wochenende gestorben.« Und fügt hinzu, dass sie noch seine Chipkarte für die Abrechnung bräuchte. Die wär angeblich bei uns. Hat jedenfalls die Witwe gesagt.

»Gestorben?«, ruf ich in den Hörer rein. »An was?«

»Woher soll ich das wissen? An was alte Leut halt so sterben, wahrscheinlich.«

»War er gelb?«

»Woher soll ich das wissen? Der Chef war dort, aber der hat jetzt grad einen Patienten drinnen. Ist doch auch egal, oder?«, wird die Kollegin leicht unwirsch. »Ich brauch jedenfalls, bittschön, schnellstens die Chipkarte.«

»Wo ist er jetzt?«, will ich wissen.

»Wer?«

»Na, unser Patient!«

»Der ist tot! Das hab ich doch schon gesagt.«

»Und wo, bittschön, ist er tot?«

»Woher soll ich das wissen?«, weiß es die Kollegin schon wieder nicht. »Daheim oder auf dem Friedhof, verdammt! Frag halt im Bestattungsinstitut nach!« Und was jetzt mit der Chipkarte ist, erkundigt sie sich grantig.

Ich schnapp mir die Minna und zieh sie aus der Praxis raus ins Auto. Als wir schon unterwegs sind, erklär ich ihr, was passiert ist, und sag ihr, dass sie das Beerdigungsinstitut anrufen soll.

»Deppendorf?«, klingt eine Stimme aus der Freisprechanlage. »Friedrich? Ja, den hatten wir hier. Gestern. Ist aber schon wieder auf dem Weg. Ins Krematorium.«

»Und in welches?«, schreit die Minna ins Handy.

»Nach Memmingen. Direkt am Friedhof.«

Das Navi im BMW gehorcht zum Glück aufs Wort. Kein blödes Rumgetippe mehr während der Fahrt. Anschreien genügt, und es weist einem den Weg. Erst muss ich wenden, dann geht es rauf auf die Autobahn, und ich hol das Letzte aus der Karre raus. Über zweihundertzwanzig. Geil.

»Wenn du weiter so rast, landen wir noch auf dem Friedhof, und zwar ganz ohne Navi«, beschwert sich die Minna und krallt sich am Sitz fest.

»Wieso werden die ganzen Leut von hier eigentlich in Memmingen verbrannt?«, frag ich, um sie abzulenken.

»Weil die Krematorien heutzutag keine städtischen Einrichtungen mehr sind, sondern kommerzielle Gewerbe wie alle anderen auch«, bekomme ich erklärt. Und dass die eine Hälfte totes Allgäu in Memmingen verbrannt wird und die andere in Lindau. Was die Minna nicht alles weiß, denke ich bewundernd, sage aber natürlich nix. Nach einer weiteren halben Stunde Vollgas sind wir da.

Vor der »Krematorium Memmingen GmbH« steht eine endlose Schlange aus Leichenwagen.

Ich parke etwas abseits, und wir gehen zu Fuß an der Schlange vorbei in Richtung Eingang.

Auf halbem Weg entdeckt die Minna ein Fahrzeug der örtlichen »Bestattung Himmelfahrth«. Die Fahrer stehen daneben rum und rauchen.

»Ist da der Friedrich drin?«, fragt die Minna einen Fahrer und deutet in den Leichenwagen.

»Keine Ahnung«, sagt der und nimmt einen tiefen Zug.

»Täten Sie dann, bittschön, mal schauen?«, fragt die Minna und erklärt auf Nachfrage, dass sie keinesfalls nicht die Witwe ist, sondern dass wir von der Praxis Dr. Steinkauz sind und der fragliche Verstorbene womöglich seine Chipkarte noch bei sich trägt.

»Das kann überhaupt nicht sein«, meint der Fahrer, schaut aber trotzdem. Nicht im Sarg, sondern in den Papieren. »Das ist der Gottlob Schlick aus Landsberg«, sagt er dann und hält die Papiere hoch.

»Leider der Falsche.« Trotzdem bedankt sich die Minna, und wir gehen weiter.

Aus den Leichenwagen am Ende der Schlange werden die Särge über eine Rampe auf kleine Wägelchen verladen, die irgendwie automatisch elektrisch im Krematorium verschwinden. Das Personal ist so mit Ratschen und Rauchen beschäftigt, dass niemand merkt, wie wir uns an all den Leuten vorbeischleichen und uns in die langsam dahinrollende Sargreihe einfädeln. Hinter einem großen Eichensarg, der wie von Geisterhand gezogen in den immer dunkler werdenden Gang hineingleitet, schreiten wir gemessen einher. Als wären wir die dazugehörigen Angehörigen. Der Sarg gleitet majestätisch vor uns hin, nur einmal wird er langsamer und bleibt fast stehen. Er ruckelt kurz auf der Stelle, wie wenn er sich es noch mal anders überlegen will, dann aber geht es auch schon weiter.

Langsam wird mir das hier unheimlich. Der Gang wird immer schmäler und macht ein paar enge Kurven, und vom Ende her hört man zischende Geräusche, die immer lauter werden. Plötzlich teilt sich der Gang, unser Sarg verharrt wieder kurz, dann vollführt er eine plötzliche Rechtskurve und verschwindet auf Nimmerwiedersehen in der Finsternis nach rechts. Weg ist er. Irritiert bleiben wir stehen. Am meisten irritiert mich dabei das Gefühl, den Sarg von grad eben zu vermissen. Orientierungslos stehen wir herum, als wir im selben Moment einen heftigen Schubs von hinten kriegen.

Wir drehen uns um und sehen, dass wir einen anderen Sarg blockieren, der sich rücksichtslos gegen uns schiebt. Die paar Sekunden wirst du wohl noch warten können, fluch ich innerlich, aber der Sarg denkt nicht dran und hat es furchtbar eilig. Ich zieh die Minna auf die Seite und die hält sich an mir fest. Für einen nicht enden wollenden Moment pressen wir uns gegen die eiskalte Wand und bleiben dort wie angewurzelt stehen. Fassungslos sehen wir den unzähligen vorbeigleitenden Särgen hinterher. Ein Defilee von Toten, als ob mit einem Schlag das ganze Allgäu ausgestorben wär.

Plötzlich erscheint ein winzig kleiner weißer Sarg. Hinter einem großen schwarzen Sarg ist er ganz unvermittelt aufgetaucht und verharrt für eine endlose Sekunde direkt auf unserer Höhe. Einen Moment lang zittert er, so wie vorher auch schon unser brauner Sarg, dann tut es einen Ruck, und er setzt sich wieder in Bewegung.

Die Minna krallt sich stärker an mir fest und zittert, was sie zittern kann. Dann heult sie plötzlich los. Verdammt, was sollen wir jetzt machen? Nix wie raus hier, denke ich und zieh die heulende Minna hinter mir her in Richtung Ausgang, zieh sie an den hereinströmenden Särgen vorbei dahin, wo es hoffentlich heller wird.

Aber es wird nicht heller, im Gegenteil. Es wird richtig finster, und das Einzige, was ich noch erkennen kann, sind die Umrisse von einem Riesensarg, der direkt auf uns zukommt. Jetzt gibt es kein Entrinnen mehr. Der Riesensarg versperrt uns den Weg und schiebt uns vor sich her, zurück in die Richtung, aus der wir geflohen sind. Und plötzlich wird es vor uns hell. Was sag ich, nicht hell, sondern grell wird es! Ein gigantisches Rolltor rasselt hoch, und der Sarg, der direkt vor uns fährt, verschwindet in einer Flammenhölle. Dann geht das Rolltor zu, und der XXL-Sarg hinter uns schiebt uns ein weiteres Stückchen nach vorn. Der höllische Lärm des lodernden Infernos dringt hinter dem Rolltor bis zu uns durch. Als Nächstes ist der Riesensarg an der Reihe und mit ihm wir. Jetzt ist es aus und vorbei. Ich beginne ein letztes Vaterunser und will all meine Sünden bereuen, es fällt mir aber keine ein. Nur dieses blöde Buch kommt mir noch in den Sinn, was in unsrem Wartezimmer liegt, »5 Dinge, die Sterbende am meisten bereuen«, heißt es und liegt da rum, damit die Patienten was Sinniges zu lesen haben, wenn's mal wieder etwas länger dauert. Ich bereue also, dass ich das Buch nicht gelesen hab, denn dann wüsst ich jetzt, was ich bereuen könnt, aber dazu ist es zu spät. Das Rolltor rattert hoch, und die Sargwand aus deutscher Eiche hinter uns drückt sich mir ins Kreuz und setzt sich mitsamt mir und der Minna in Bewegung. Aus dem Flammenmeer schlägt uns ein Hitzeschwall ins Gesicht, und die Minna klappt zusammen. Wie eine Marionette ohne Fäden fällt sie vor den Sarg. Der bleibt stehen und ruckelt unentschlossen hin und her, bevor er ein kleines Stück zurückrollt. Wahrscheinlich nur, um Anlauf zu nehmen und es dann noch mal mit voller Kraft zu versuchen. Aber nein, wieder hält er vor der Minna inne, genau genommen schwebt sein Vorderteil schon so weit über der winzigen Minna, dass man sie kaum noch sieht, dann beginnt er entsetzlich laut zu hupen und gibt wütend Fernlicht, was aber gar kein Fernlicht ist und keine Hupe, sondern die Alarmanlage des Krematoriums mit Notbeleuchtung. Der Sarg bleibt endlich stehen, bewegt sich keinen Millimeter mehr. Das Rolltor rasselt runter, das Feuer dahinter erlischt. Grelles Neonlicht erhellt den Gang, und von einer Eisentür her kommen drei Männer auf uns zugerannt.

»Ja, sind Sie denn völlig meschugge?«, schreit der Anführer mich an, während sein Kollege mich am Arm packt und in Richtung Tür wegzerrt.

»Die Minna!«, schrei ich und deute auf die Minna, die von alldem nix mitgekriegt hat und noch immer regungslos am Boden liegt.

»Aus welchem Sarg ist die?«, fragt der dritte Mann.

»Die lebt noch«, sagt der erste überrascht, der die Minna an einem Bein gepackt und unter dem Riesensarg hervorgezogen hat und nun ihren linken Schuh in der Hand hält.

»Ja, hoffentlich lebt die noch!«, schrei ich ihn an. »Sonst nämlich –«

»Nix sonst. Sie kommen jedenfalls jetzt sofort hier raus und mit in mein Büro«, schimpft der Anführer, während der dritte Mann die Minna wie ein kleines Kind auf seine Arme nimmt und hinter uns her trägt.

Wir landen im Büro, ich bekomme einen Kaffee, und die Minna wird in einem Ledersessel abgelegt. Langsam kommt sie wieder zu sich.

»Wie kommen Sie überhaupt hier rein?«, will der Betriebsleiter wissen.

»Zu Fuß.«

»Und was wollten Sie hier?«

»Eine Leiche suchen.«

»Wozu denn das?«

»Weil die Leiche ein Patient von uns war. Und wir wissen wollen, woran er gestorben ist.«

Dann erkläre ich dem verdutzten Betriebsleiter, dass ein Patient unserer Praxis, ein gewisser Friedrich Deppendorf, am Wochenende unter ungeklärten Umständen verstorben ist und vom diensthabenden Vertretungsarzt anstandslos einen Totenschein ausgestellt bekommen hat. Weil der bornierte Betriebsleiter trotzdem die enorme Bedeutung unseres Anliegens partout nicht kapieren will, erzähle ich ihm weiterhin ausführlich von den vielen gelben Toten in letzter Zeit, erzähle ihm alles vom Berliner, vom Münchner und natürlich auch vom Stuttgarter Arbeiterstrich mit all den importierten und illegalen Pflegekräften aus dem Osten und von dem gigantischen Handel mit illegalen Medikamenten.

»Jetzt machen Sie aber mal einen Punkt! Sie schauen wohl zu viele Krimis«, macht der Mann sich über mich lustig und nimmt einen tiefen Zug von seiner Zigarette. »Andererseits«, erklärt er dann, »wenn Sie völlig auf Nummer sicher gehen wollen, was die Todesursache angeht, dann müssen Sie schon im Schwabenland das Zeitliche segnen.«

»Aber das wünscht man noch nicht mal seinem schlimmsten Feind«, entfährt es mir.

»Warum?«, fragt plötzlich die Minna, die jetzt wieder im Vollbesitz ihrer geistigen Kräfte ist.

»Bei den Schwaben gibt es eine zweite Leichenschau. Wahrscheinlich, weil's bei denen mehr Verbrecher gibt, was weiß denn ich? Jedenfalls steht dort in jedem Krematorium ein Amtsarzt rum, der noch mal über die Leichen schaut. Damit auch ja nix übersehen wird.«

»Und bei uns?«

»Bei uns genügt ein Hausarzt. Oder wer grad eben verfügbar ist.«

»Und das reicht?«

»Wahrscheinlich gibt es eine Dunkelziffer an Morden, die einem da durchrutschen«, überlegt der Betriebsleiter und zuckt die Schultern. »Aber über so etwas redet niemand gern. Und ich tu hier auch nur meinen Job.«

»Aber was ist denn jetzt mit dem Friedrich?«, frag ich dann. »Können Sie ihn für uns suchen?«

»Den Teufel werd ich tun und den Betrieb hier noch mal unterbrechen, bloß wegen Ihrer Räuberpistolen!«, poltert der Mann uns an. »Eigentlich müsst ich wegen Ihnen die Polizei holen und Sie beide anzeigen. Wegen Störung des Betriebsablaufs, wegen Hausfriedensbruchs und, und, und.« Weiter kommt er nicht.

Die Minna ist wieder in Form, vielleicht nicht grad in Bestform, aber für den Bürokraten da vor uns reicht's allemal. »Sie«, keift die Minna an ihn hin, »Sie hätten uns um ein Haar auf dem Gewissen gehabt! Ihr Betrieb ist doch vollkommen unverantwortlich, ist der! Hier könnt ein ganzer Kindergartenausflug ungestört reinspazieren und in Flammen aufgehen, und keiner merkt's! Eine Sekunde länger, und wir wären bei lebendigem Leib in Ihrem beschissenen Kackofen gelandet!«

»Was heißt denn hier Kackofen?«, empört sich nun der Betriebsleiter. »Was Sie gesehen haben, ist unser neuer Portalbrenner Exodus 3000. Das Neuste vom Neuen. Kommt direkt aus Amerika. Diese umständlichen Einzelöfen mit dem altmodischen und zeitintensiven Verfahren gehören ein für alle Mal der Vergangenheit an. Von wegen Sarg rein, Feuer an, verbrennen, Feuer aus, abkühlen lassen, Asche raus, Urne füllen, der Nächste bitte. Dem Portalbrenner gehört die Zukunft. Arbeitet nach dem Prinzip der Waschanlage. Oder eben der Backstraße, wenn Ihnen das lieber ist. Jedenfalls wie am Fließband. Das Bestattungswesen ist heutzutage nix anderes mehr als wie jeder andere verarbeitende Industriebetrieb auch. Alles läuft vollautomatisch, alles ist durchgetaktet wie nur irgend möglich. Fließband eben. Und in meinen mehr als zwanzig Berufsjahren ist mir noch niemand untergekommen, der sich freiwillig hier rein verirrt hat, das können Sie mir glauben!«

Damit scheint für ihn die Unterhaltung beendet. Für mich ist sie es auch. Alle erheben sich. Zum Abschied drückt der Betriebsleiter der Minna noch einen üppigen Farbprospekt mit Preisliste in die Hand und meint vertraulich lächelnd: »Bittschön, für die Oma. Dann mal bis auf bald in unserem Hause!«

Ich zerr die Minna schnurstracks mit aller Kraft aus dem Büro, bevor es noch mehr Leichen gibt.

26

Drei Tage später, wie ich morgens in der Praxis steh, läutet das Telefon. Nicht das an meiner Rezeption, sondern der Minna ihr Handy.

»Die Apotheke aus St. Pottsau will wissen, ob jemand gegen zehn bei mir zu Haus ist«, sagt sie mir Bescheid. »Die gestern von der Praxis aus bestellte Lieferung für die Gruberbäuerin ist unterwegs.«

Da die Minna grad schlecht wegkann, weil sie heut Vormittag noch mehrere Verbände wechseln muss, krieg ich ihren Hausschlüssel und fahr los.

Das geht ja rasend schnell, denke ich unterwegs. Erst vor drei Tagen hab ich die Gruberbäuerin bei der Krankenkasse in Pflegestufe zwei eingestuft und sie auf die Adresse der Minna umgemeldet. Dann haben wir in der Dementine um einen Kurzzeitpflegeplatz angefragt, nur pro forma, versteht sich. Gestern haben wir in der Apotheke Sondennahrung bestellt und im Sanitätshaus ein Pflegebett und Pissbeutel. Jetzt sollten also alle Bescheid wissen, die als Täter in Frage kommen. Wie ich vor der Minna ihrem Wohnhaus ankomm, wartet schon eine junge Frau vor der Tür. »Sind Sie die Apotheke?«, will ich wissen.

»Na, ich bin die Katholische Sozialstation«, sagt die junge Frau und stellt sich als Jana Koch vor. Und fragt, ob sie reinkommen darf. Na, meinetwegen. Wir sitzen auf dem Sofa, und das Fräulein Koch, so schätze ich sie jedenfalls ein, jung, wie sie ist, und mit einem frischen und unverheirateten Gesichtsausdruck, also, das Fräulein Koch überreicht mir eine Broschüre von der Katholischen Sozialstation und erläutert mir die Angebote. Häusliche Pflege. Im Rahmen der Pflegeversicherung. Mehrleistungen gegen Aufpreis. Nachtwachen zum Beispiel. Ergotherapie. Demenztraining. Türklingeln. Urlaubsvertretungen. Essen auf Rädern. Weiteres Türklingeln. Krankentransporte. Basteln zum Advent. Wieder Türklingeln. Ich entschuldige mich.

Jetzt ist es tatsächlich die Apotheke. Ich schleppe einen großen Karton ins Wohnzimmer und knall ihn auf den Boden.

»Sondennahrung?«, fragt das Mädel interessiert.

»Wohl«, sag ich, mach den Karton auf und schau mir die Beutel völlig ratlos an.

»Soll ich Ihnen beim Anschließen helfen?«, fragt das Fräulein Koch.

Leider muss ich dankend ablehnen. Sie wäre vom Anblick im ersten Stock ganz bestimmt enttäuscht. Das Pflegebett ist im Lieferverzug. Ebenso wie die Gruberin, die noch gar nichts von ihrm Umzug weiß. »Das wird schon gehen«, sage ich. »Und momentan schläft sie auch. Da will ich sie nicht stören.«

»Ihre Mutter?«, fragt das Fräulein Koch ganz teilnahmsvoll.

Ich beginne fieberhaft zu überlegen. »Nein«, sage ich langsam und gedehnt, »meine Schwiegermutter. Besser gesagt, meine Schwiegergroßmutter. Also, die Großmutter von meinem Mann.«

»Und Sie wohnen hier und sind ganz allein für die Pflege zuständig?«

»Ach, woher denn! Nein, ich wohn doch nicht hier«, muss ich sie korrigieren.

Sie schaut mich verständnislos an.

»Hier wohnt doch die Minna!«, sag ich ihr ins staunende Gesicht. »Sonst niemand. Und schon gar nicht ich. Nie im Leben würd ich bei der Minna wohnen.« Ich klappe meinen Mund zu und überlege. Mist.

Jetzt guckt sie noch verständnisloser als eben, wenn das möglich ist. Die Jana Koch. Und ich versteh sogar, warum. Kruzifix. Aufpassen, Liesel, sonst verlierst du noch den Überblick und ruinierst den perfekten Plan!, ermahn ich mich stumm.

»Wer ist die Minna?«, fragt die Jana dann.

»Die Minna … die ist … meine Mutter«, erklär ich langsam. Aber nein, das geht jetzt eindeutig zu weit, dass die Minna meine Mutter sein soll. Im Leben nicht. »Ich meine, sie ist natürlich meine Schwiegermutter. So rum stimmt's jetzt.«

»Ihre Schwiegermutter also«, wiederholt das junge Fräulein, nickt und scheint zufrieden zu sein. »Und das da oben ist dann die Mutter von besagter Frau Minna, gell?«

»Genau, richtig«, nicke ich bestätigend und bin froh, dass die Familienverhältnisse nun geklärt sind.

»Danke für Ihren Besuch, aber ich müsste jetzt echt wieder zurück zur Arbeit«, sage ich dann zu dem Fräulein, schaue auf die Uhr und werfe einen abschiebenden Blick in Richtung Tür. Aber dieses Mädel zeigt nicht das geringste Anzeichen von Eile. Im Gegenteil: Die Gute schaut sich recht gemächlich in der Wohnung um.

»So, berufstätig sind Sie also auch noch?«, meint sie dann plötzlich. »Neben der belastenden Pflege noch der Beruf, das muss unglaublich anstrengend und zermürbend sein, so alles zusammen, gell?«

Keine Ahnung. Woher soll ich wissen, wie anstrengend und zermürbend … »Wahnsinnig zermürbend, ja«, gebe ich hektisch zu.

»Wünschen Sie sich nicht öfter mal heimlich, dass das alles hier ein Ende nimmt? Und dass sie bald erlöst wird?«, fragt sie dann und zeigt mit dem Finger an die Decke. Richtung erster Stock. Wo der Pflegefall vor sich hindämmert. Die Großmutter von meinem Mann. Und mir das Leben zur Hölle macht.

Verdammt! Damit hab ich ja jetzt überhaupt gar nicht gerechnet. Die Haslingerin hat von einem Mann gesprochen, und jetzt sitzt da eine junge Frau vor mir. Und wie schnell das gegangen ist. Keine drei Tage ist die Gruber Wallburga im PC, und schon steht hier jemand auf der Matte und will sie erlösen.

»Es gibt für alles einen Ausweg«, sagt die Jana Koch langsam und leise und hat auf einmal einen von diesen Beuteln mit Flüssignahrung von der Apotheke in der Hand.

Ich beschließ, jetzt überhaupt nichts mehr zu sagen. Ist aber auch gar nicht nötig.

»Es gibt solche Beutel wie diesen hier mit einem kleinen Zusatz drin«, sagt die Jana Koch noch leiser und eindringlicher.

Ich starre sie regungslos an.

»Damit schläft sie ganz ruhig ein. Ihre Schwiegergroßmutter. Und alles ist vorbei. Ihr Leiden«, sagt die Jana Koch und deutet mit dem Beutel in meine Richtung, »und ihres da oben auch.« Der Beutel hebt sich zur Decke. Meine Nase ebenso.

Ich versuche ein Nicken. »Wie viel?«, frage ich tonlos.

»Tausendfünfhundert«, antwortet Jana Koch bestimmt, und es steht außer Frage, dass nicht mal die Minna sie herunterhandeln könnte.

»Und wie soll das gehen?«, frage ich.

»Besorgen Sie das Geld. In den nächsten Tagen erfahren Sie dann, wie es weitergeht.« Damit schwebt sie aus der Tür und ist verschwunden. Die Jana Koch von der Katholischen Sozialstation. Himmelsakrament!

27

Heute Morgen Diätlind. Und nicht nur das. Der Weichmaus ist auch mit dabei. Er läuft im Freien rum. Im Garten. Wie ich zum Küchenfenster rausschau, seh ich die beiden auf der Wiese. Einen Schubkarren haben sie auch mit dabei und jede Menge Gartenwerkzeug: Spaten, Schaufel, Rechen und den ganzen Kram.

»Schau dir das mal an«, sag ich zum Rudi, und der Rudi schaut sich das zum Fenster raus mal an, und wir beschließen, unbedingt runterzugehen und uns das aus nächster Nähe zu betrachten.

Der Weichmaus versucht sich mit dem Spaten an einem Loch. Das Loch ist noch keine drei Zentimeter tief, aber es wird ein Loch. Ein großes Loch. Behauptet jedenfalls der Weichmaus.

»Wozu ein Loch?«, fragen wir.

»Für einen Teich«, sagt der Weichmaus und wischt sich den Schweiß von der Stirn.

»Und von dem Teich aus gibt es einen Bach. Der linksdrehend um den Teich rumfließt und auf der anderen Seite wieder rein«, erklärt uns die Diätlind.

»Aha«, sagt der Rudi. »Ein Bach. Der fließt. Im Kreis. Durch die Kraft der Gezeiten.«

Der Weichmaus zieht eine beleidigte Lätschn. »Durch die Kraft der Sonne natürlich! Mit einer Solarpumpe«, sagt er trotzig und deutet auf einen Karton.

»Solarpumpe«, brummt der Rudi nicht sonderlich beeindruckt. »Aha. Und dann züchtet's ihr Forellen im Bach? Bachforellen, sozusagen?«

»Im Leben nicht züchten wir keine Forellen!«, empört sich der Weichmaus. »Bachblüten werden wir anbauen. Natürlich.«

»Natürliche Bachblüten, aha. Und was genau sind diese

Bachblüten?«, frage ich, obwohl ich natürlich genau weiß, was Bachblüten sind. Sumpflotterblumen halt und Hahn im Korb und diese ganzen Binsenweisheiten und so. Auswendig weiß ich die jetzt zwar nicht alle, aber man hat halt schon viel davon gehört. Aber wie ich unsere lieben Nachbarn kenn, meinen sie ganz sicher was völlig anderes. Mein Verdacht bestätigt sich aufs Schlimmste.

»Bachblüten sind ganz bestimmte Heilpflanzen«, holt der Weichmaus zu einer Erklärung aus, die ich gar nicht wissen will. Trotzdem faselt er was von siebenunddreißig verschiedenen Heilkräutern, die sie demnächst um ihren zukünftigen Bach rum anpflanzen und dann teuer verkaufen werden. Zuvor wird die impertinente Heilenergie der Pflanzen durch Sonnenmethode und eurythmische Bewegungen hochpotenziert, bis zum Schluss alles in ein Fass voll Alkohol ausgeleitet wird, natürlich.

Du glaubst es nicht!

»Schnaps?«, fragt der Rudi. »Schnapsbrennen wollt's ihr also? Und das noch schwarz? Des hätt ich euch jetzt aber wirklich nicht zugetraut!«

Ich trau den beiden das auch nicht zu, und sie versichern uns auch gleich hoch und heilig, dass sie keinen Schnaps nicht brennen wollen, sondern nur ihre Bachplantage planen. Als kleinen Nebenverdienst, sozusagen. Das endet bestimmt wie mit dem ganzen anderen Grünzeugs auch, denk ich. Der Rudi dreht sich kopfschüttelnd um und humpelt auf seine Krücke gestützt in Richtung unser Haus davon, und ich lauf hinter ihm her. Dieses Hochpotenzieren mit eurythmischen Bewegungen wär vielleicht mal einen Versuch wert, ja, das wär's vielleicht allemal.

28

Am Abend Krisensitzung. Wir hocken in der Minna ihrem Wohnzimmer, und der Rudi fängt gleich an zu schimpfen. »Ihr seid's doch alle taube Hennen, ihr!«, poltert er los, aber die Minna lässt sich das natürlich nicht gefallen.

»Das war doch deine super Idee, das mit der Falle, du einbeiniger Hirnakrobat«, giftet sie zurück.

»Ich geb dir gleich einbeinig, du alte Puffotter!«, droht ihr der Rudi mit seiner Krücke. »Wenn der Liesel was passiert wär, dann hättst du dich gleich selber reinlegen können, in dein bekacktes Pflegebett!«, poltert der Rudi weiter und deutet mit seiner Krücke nach oben. Das Bett soll morgen geliefert werden. Angeblich. »Das alles muss jedenfalls viel professioneller aufgezogen werden«, mault der Rudi vor sich hin.

»Und wie darf man sich das vorstellen?«, fragt die Minna.

Ich hole tief Luft. Wenigstens schreien sie sich nicht mehr an.

»Überwachungskameras«, schlägt der Rudi vor. Der Aasgeier soll Webcams installieren, die alles aufnehmen, was hier passiert. Wenn einer kommt. Und auch, was der dann sagt. Sonst haben wir ja keine Beweise. Sonst könnte der einfach hier hereinspazieren, seinen Beutel verkaufen und wieder verschwinden. Wie es das angebliche Fräulein Koch schon versucht hat.

Auf der Katholischen Sozialstation kennt die übrigens kein Schwein, wie mein Testanruf ergeben hat. Und einen jungen starken Typen werden wir zwei schwachen Weiber nicht aufhalten können, wenn der ernsthaft abhauen will. Das alles leuchtet mir ein. Die Idee mit den Webcams find ich sogar regelrecht spitze, nur funktionieren wird sie nicht. Die Minna hat kein Internet, das Fritzle hat seins beim Auszug mitgenommen, und ein neues Internet kaufen dauert bei dem Tempo, das die Gauner vorlegen, viel zu lang. Genauso wie diese Webcams ranzuschaffen, die man erst mal bestellen muss. Und installieren. Sackzement.

»Vergiss es«, sagt der Rudi und vergisst es. Wieder eine super Idee weniger.

»Warum legst du dich nicht einfach in das Pflegebett?«, schlägt die Minna plötzlich in Richtung Rudi vor.

»Ja, spinnst du jetzt total?«, schreit der sie an.

»Wenn hier einer spinnt, dann du!«, schreit die Minna zurück. »Das mit der Falle, das war doch deine Idee! Und wo steht die Falle jetzt? Hier, in meinem Haus! Und ich soll auch noch den Köder spielen? Nein, danke, ohne mich!«

»Aber du wolltest doch unbedingt dieses scheiß Pflegebett in deinem scheiß Fritzle seiner scheiß Wohnung!«, muss ich jetzt schreiend den Rudi unterstützen.

»Raus!«, brüllt uns die Minna an. »Raus hier, alle beide! Das lass ich mir nicht bieten, und von euch schon gleich zweimal nicht. Lieber fall ich hier mutterseelenallein einem Serienmörder zum Opfer, als dass ich wegen euch …« Die Minna macht komische Geräusche und kriegt kein Wort mehr raus. Sie heult.

Das hab ja ich noch nie erlebt! Die Minna heult. Wegen einem läppischen Serienmörder und ein bisschen Schreien. Das hab ich jetzt wirklich nicht gewollt. Verdammt. Ich geh zu ihr hin und nehm sie in den Arm, aber sie macht sich los und heult weiter. Ich habe keine Ahnung, was ich noch tun soll, um die Situation zu retten.

»Ich mach's«, sagt der Rudi plötzlich. »Die Minna hat recht. Wir haben ihr das eingebrockt, also müssen wir auch schauen, wie wir es zu Ende bringen.«

Nach diesem männlichen Machtwort sitzen wir einträchtig zusammen vor dem Riesenfernseher und gucken Schlagerparade. Andrea Berg singt grad, und wir singen und schunkeln mit. Ich bin ein Riesenfan von Andrea Berg, die quasi eine Kollegin von mir ist. Gelernte Arzthelferin. Das macht mich mächtig stolz, und ich singe, so laut ich kann. Dummerweise wohnt die Andrea in der Nähe von Stuttgart und singt jetzt auch noch die Schwabenversion von einem meiner früheren Lieblingshits.

Hallo, Eugen,
Du, ich möchte dich wiedersehn,
Da am Fluss, wo die Bäume stehn,
Da, wo alles begann.
Huhuhu-huhu, ich sag nur: Hallo, Eugen …

Normalerweise regt mich so was tierisch auf, aber für heute ist genug gestritten und geschimpft, so schau ich gnädig drüber hinweg, und wir singen weiterhin aus Leibeskräften mit.

»Hallo, Eugen, ich sag einfach: Hallo, Eugen«, schmettert Andrea Berg aus voller Kehle, und alles ist wieder panettoni.

29

»Gehst mit auf den Blunzentanz?«, ruft die Theres mich an.

»Ja, logisch«, sag ich spontan. Das ganze Dorf geht schließlich auf den Blunzentanz. Mei, wie doch die Zeit vergeht, muss ich denken. Grad eben erst hatten wir den kürzesten Mai in ganz Bayern seit Menschengedenken, und jetzt ist schon wieder Juni, und am ersten Vollmond im Juni ist jedes Jahr Blunzentanz. Der Soichgruber Blunzentanz, wie er vollständig heißt. Und der hat eine jahrtausendealte Tradition. In Soichgrub gibt es nämlich besonders viele Blunzen. Was eigentlich genau genommen Blutwurst bedeutet und somit grundsätzlich nichts Schlechtes ist. Aber bei uns im Volksmund ist eine Blunzen eben auch ein Fachausdruck für ein besonders hässliches Madel, auch schieches Madel genannt. Im schlimmsten Fall geht auch beides zusammen, eine schieche Blunzen. Da so eine natürlich keinen Mann abkriegt, haben die Soichgruber aus christlicher Mädchenliebe vor etwa fünftausend Jahren ihren Blunzentanz eingeführt. Dabei wurde das schiechste Madel von allen zur Blunzenkönigin gekrönt und durfte zur Belohnung die Krönungsnacht mit dem amtierenden Schützenkönig verbringen. Ob der nun wollte oder nicht. Die altehrwürdige Tradition hat sich über die Jahre hinweg nur wenig weiterentwickelt. Natürlich gibt es auch heutzutag in Soichgrub noch immer Blunzen ohne Ende, aber seit etwa hundert Jahren gehen alle Madels auf den Blunzentanz – auch die hübschen. Und damit die hübschen und schönen unter den hässlichen nicht unangenehm auffallen, machen sie sich so hässlich, wie es denn nur geht. Wir, also die hübschen und schönen Madels, verkleiden uns als Blunzen. Somit sind alle Madels gleich, und die Männer wissen nicht, mit wem sie es später zu tun kriegen. Im Anschluss an den Blunzentanz findet nämlich traditionell der mitternächtliche Mondlauf statt. Welchen übrigens ein schwäbischer Tourist raubkopiert und für ein Heidengeld nach Amerika verkauft hat, wo dann ein Halbschwarzer so lange über die Bühne gehopst ist, bis er tot umgefallen ist. Das kommt davon.

Ursprünglich war der Mondlauf die einheimische Umschreibung für das Schäferstündchen der Blunzenkönigin mit dem Schützenkönig. Bei Vollmond im Soichgruber Forst. Heutzutage hat sich das geändert, und nicht mehr nur das Siegerpaar, sondern alle Prinzessinnen, die ihren persönlichen Schützenkönig gefunden haben, stürmen in den Forst. Wo die hoffnungsfrohen Männer eben nicht wissen, ob sie eine echte oder eine verkleidete Blunzen erwartet. Die Theres freut sich schon ganz narrisch auf den Blunzentanz, weil sie schon seit Längerem einen gewaltigen Durchhänger hat, was das Rumgemache betrifft. Also, ihr Alter daheim, der ist der personifizierte Durchhänger, und die Theres braucht unbedingt eine Abwechslung. So wie ich. Der Rudi liegt jetzt in der Minna ihrem Pflegebett und hat die Situation dort voll unter Kontrolle. Geh ich jedenfalls mal davon aus.

Also hol ich am Abend meine Blunzenverkleidung aus dem Schrank. Eine beachtliche Oberweite kann man entweder platt drücken, was beim Auspacken ein ungläubiges Staunen und freudige Überraschung erzeugt, oder man kann sie ins Unermessliche vergrößern. Zu einer Mogelpackung, die sowieso keiner glaubt. Weswegen sich die Enttäuschung beim Auspacken in Grenzen hält. Mal ganz abgesehen davon, dass meine waschechte Oberweite noch keinen enttäuscht hat.

Ich entscheide mich nach einigem Hin und Her für Zweiteres und ziehe über meinen Original-BH noch einen drüber. Flugs habe ich drei Körbchengrößen mehr, die natürlich noch sorgfältig ausgestopft werden müssen. Drüber kommt ein weites Holzfällerhemd vom Rudi, was ich unter der Brust verknote. Das hebt die Büste und zeigt ein bisserl Bauch. Untenrum nehm ich dem Rudi seine alten kurzen speckigen krachledernen Trachtenhosen. Die Hosenträger spannen eng über den zwei BHs und dem, was drunter ist, und geben zusätzlichen Halt. Was gar nicht nötig wär. Aber Hosenträger braucht es natürlich schon. Erstens gehören sie zu einer Krachledernen einfach dazu, und zweitens sind mir die Hosen ohne viel zu weit und täten gleich beim ersten Tanz runterrutschen, was definitiv zu früh wär. Letztes Jahr hatte ich dazu hässliche alte Gummistiefel an. Nie wieder tu ich mir das an. Viel zu heiß war das. Vier Stunden lang in Gummistiefeln tanzen, nein, danke. Da verzicht ich lieber auf den Hässlich-Effekt und zieh mir ein paar dreckige alte Gartenschuhe an. Die sind auch grässlich, aber wenigstens bequem, und wenn sie verloren gehen, ist es nicht schad drum. Über den Kopf zieh ich mir ein dreckiges altes Bäuerinnenkopftuch mit Strohresten drin, und geschminkt wird gar nicht. Oder jedenfalls nicht richtig. Lippenstift verschmieren. Das reicht. Unterwegs hol ich die Theres ab. Sie ist als alte Hexe verkleidet, hat sich dunkle Zahnlücken und Warzen aufgemalt. Ihr Hexenkleid ist nur ein schwarzer Fetzen mit Löchern an den unmöglichsten Stellen, und drunter trägt sie, unübersehbar, halterlose Netzstrümpfe und Reiterstiefel. Da kann ja nix schiefgehen, denk ich, wie wir aus Heiterbach rausfahren, vorbei am Ortsschild – was immer noch so aussieht, wie es die Dorfjugend in der Walpurgisnacht hinterlassen hat.

»Auf Wiedersehen im schönen heulklimatischen Lustkurort Eiterbach«

Heut heißt unser Lustkurort allerdings Soichgrub. Wie wir da ankommen, ist die Stimmung im Bierzelt schon am Kochen. Die Klosterbrüder spielen auf, das ist eine weit über unsere Allgäuer Grenzen raus weltbekannte Trachtenblaskapelle, die zur Feier des Tages als Mönche in Kutten auftritt. Mit nix drunter, wenn man den Plakaten glauben darf. Die Klosterbrüder sind besonders wegen ihrer zahlreichen Hits beliebt, die allesamt knapp unter die Gürtellinie zielen. Wie wir reinkommen, verklingen grad die letzten Takte von »Griechisches Schwein«, darauf folgt der unvermeidliche Megahit »Pig in Japan«. Die Landjugend ist wie immer voll gut drauf, manche tanzen wie der Lump am Stecken, und es ist ein wildes Rumgeknutsche, wohin man schaut. Eins ist klar: Selbst die hässlichste Kuh kriegt heut Abend einen ab. Unser Dorf ist schon lang nicht mehr unter sich, beim Blunzentanz. Der hat sich mittlerweile über Südbayern raus als eine Art besonders lockerer Sommerkarneval rumgesprochen, sodass wegen ihm ganze Busladungen mit Auswärtigen herangekarrt werden. Vor allem mit mittelalterlichen Frauen aus Schwaben und Österreich, die sich nicht großartig verkleiden müssen. Und solang sie das Maul halten, soll's mir auch recht sein. Die Theres und ich, wir quetschen uns durch die Menge, gepolsterte Oberweite voraus, bis uns zwei angetrunkene Österreicher im Weg stehen. Der eine zeigt auf meine Brüste und fragt: »Sind das Stalaktitten oder Stalagmiten?« Und der andere meint, dass das ganz sicher keine Stalaktitten sind, weil das, was von oben runterhängt, das sind Stalaktitten, und weil bei mir ja gar nix runterhängt, können es keine Stalaktitten nicht sein.

Ich überlege, ob ich ihnen eine watschen soll oder nicht, aber beschließe, das jetzt mal als Kompliment zu nehmen. Also quetschen wir, also, die Theres und ich, uns weiter durch die Menge. Ein Ossi spricht uns an. Er sagt, er kommt grad aus Vorpommern, und fragt, ob er uns was vorpommern soll. Jetzt muss ich aber doch watschen.

Dann spielen die Klosterbrüder das Blunzenlied, und ich hab einen Tänzer im Arm, so schnell kannst du gar nicht abhauen. Aber dafür ist man ja hier. Und der Typ wird nicht der letzte sein, heut Nacht. Da tanz ich halt mal eine Runde mit diesem Burschen, der gar nicht so arg schlecht daherkommt und sich recht passabel bewegt zum berühmten Blunzenlied:

Frauen gehn stets paarweis brunzen,
Meist a Schöne und a Blunzen.
Und wie sie vor dem Häuserl stehen,
Ist eine hässlich, eine schön.

In Schwaben gibt's gar schieche Madeln
Mit oben nix und krumme Wadeln.
Des ist in Bayern nicht erlaubt,
Weil das uns jede Freude raubt.
Darum probieren's manche Schwaben,
Die wolln a bayrischs Madel haben.
Da sag ich bloß, das ist doch klar:
Pfoten weg, sonst fangst a paar.

Wie das Lied und der Tanz rum sind, hab ich die Theres aus den Augen verloren, aber dass das passiert, das war ja schon irgendwie absehbar. Also tanze und hopse ich allein vor mich hin zu irgendeiner saulauten Rockmusik, und ein paar Milchbubis tanzen und hopsen um mich rum und wollen mich, so scheint's, anmachen, und ich lass sie und mich in dem Glauben, dass ich kaum zwanzig bin. Als ich mir an der Bar dann mein drittes Bier hol, stehen zwei angetrunkene Schwaben daneben, und der eine erzählt unaufgefordert, dass er Gottfried heißt und dass seine Freunde ihn Gott nennen dürfen und seine Freundinnen sowieso. Die rufen nämlich sowieso freiwillig in religiös-erotischer Ekstase: Oh mein Gott!, wenn er es ihnen mit seinem göttlichen Zepter besorgt. Ich geh ein paar Meter weiter, und da steht eine Gruppe betrunkener Österreicher, und der nächstbeste von ihnen informiert mich spontan darüber, dass er in Drogerieartikeln macht, Spezialgebiet: Frauen-Nassrasierer. Und dass er private Partys veranstaltet, so wie die für Tupper hat man sich die vorzustellen, wo man die Nassrasierer gleich an Ort und Stelle ausprobieren kann. Natürlich nur unter seiner fachmännischen Anleitung. Er gibt mir seine Karte, und ich versenk sie in meinem leeren Bierglas und schau mich noch ein bisserl um, und plötzlich spielen die Klosterbrüder ihren Dauerbrenner »Mykonos«, und ich schnapp mir in letzter Sekunde einen großen dunkelhaarigen Typen mit Hakennase und Dreitagebart, und wir tanzen Stehblues.

Ich weiß es noch, als ob es gestern war.
Die Zeit mit dir genau vor einem Jahr.
Die Sonne hat mir den Verstand verbrannt,
Als ich alleine dort am Ufer stand.
Vom Meer kamst du zu mir heraufgeschritten,
Der Südwind spielte sanft mit deinen Haaren.
Ich sah wie gebannt auf dein knappes Oberteil,
Deine großen Lippen, die machten mich so heiß.
Und als der Mond in den Abendhimmel steigt
Da hast du mir gleich den großen Bär gezeigt
Ja, die Nacht war so feucht und warm
In deinem Arm.

Meine Blitzeroberung erweist sich als ausgezeichneter Stehbluestänzer und erfasst sogar relativ eigenständig den Sinn der Musi, sodass ich nicht viel nachhelfen muss. Jahrzehntelange Übung, kombiniert mit weiblichem Instinkt und Intuition. Zahlt sich immer wieder aus. Hoffentlich hält der Typ noch länger sein Maul. Ich will gar nicht wissen, ob er Schwabe ist oder Österreicher. Egal, notfalls werd ich ihm das Maul schon stopfen, unter Einsatz sämtlicher Mittel, des glaubst aber.

Denkst du auch so oft an Mykonos,
Wo der Sekt einst in Strömen floss?
Schon bei unsrem allerersten Tanz
Berührtest du zärtlich meine Hand.
Ich hab dir tief in die Augen geblickt,
Und dann haben wir uns geküsst.
Ja, die Nacht wird gleich feucht und warm
In deinem Arm.

Das war das Startsignal. Wer jetzt noch nicht seine Blunzenkönigin oder seinen Schützenkönig gefunden hat, der muss zurückbleiben und bis zum Morgengrauen weitersaufen. Alle anderen begeben sich nach und nach paarweise raus in den Soichgruber Forst, der mit bunten Lichterketten, Kerzen und Fackeln romantisch beleuchtet ist. Der harte Waldboden wurde mit Tonnen von frischem Stroh weich gepolstert, in diskreten Abständen, versteht sich. Die Klosterbrüder spielen noch immer weiter, sodass ihre stimmungsvolle Musik über den nächtlichen Wald zu uns herüberschwebt. Und nur der Vollmond schaut zu, wie er schon seit fünftausend Jahren zugeschaut hat, von oben runter, auf den Soichgruber Forst, in der ersten Vollmondnacht im Juni.

30

»Die Gertrud ist tot«, begrüßt mich die Minna, wie ich am nächsten Morgen reichlich verkatert und viel zu spät in der Praxis einlaufe.

»Jesses, na!«, ruf ich und schlage reflexartig ein Kreuz.

Sofort rennt die Minna mit ihrer Tasche raus zum Auto, der Doktor tappt ihr gemessenen Schrittes nach, ich hetze hinterher und klemm mich hinters Steuer. Schon wieder ohne Kaffee. Saftladen.

Der Alois steht vor seinem Hof neben einem neuen Schild: »Kartoffeln! Hier gesetzt – gewachst – gepflückt!« Nervös trampelt er von einem Bein aufs andere, linke Hand Kippe, rechte Hand Flasche. Wodka. Rachmaninoff. Die Flasche ist fast leer, und jeder kann sehen, wo der Inhalt am frühen Morgen abgeblieben ist. Lallend und jammernd torkelt der Alois auf uns zu. »Scheiß Dementine!«, ruft er laut und hält mir einen Wisch unter die Nase. Es ist eine Rechnung über einen mittleren vierstelligen Betrag. »Und das war erst der Anfang!«, schimpft der Alois lallend, während er gleichzeitig einen Schluck und einen Zug nimmt. »Verfluchte erzkatholische Halsabschneiderbande!«, schreit er dann und wirft die leere Flasche gegen die Wand seines Schweinestalls, dass die Scherben nur so fliegen und wir drei zusammenzucken.

»Wo ist die Gertrud?«, will der Doktor wissen, als der Alois sich etwas beruhigt hat, und wir gehen durch die dumpfe dunkle Bauernstube über eine ausgetretene, laut knarzende Holztreppe hoch in ein noch viel dunkleres Schlafzimmer, was mal das Eheschlafzimmer der Knoblauchs war. Seit der Hochzeitsnacht ist hier drin nix mehr frisch gerichtet worden, so wie das ausschaut. Die Gertrud liegt friedlich auf der linken Seite des Ehebetts. Die leer stehende rechte besteht aus der üblichen vorsintflutlichen dreiteiligen Rosshaarmatratze. Die garniert ist mit den Resten von so ziemlich allem, was ein

Mensch nur von sich geben kann. Mich packt der Graus. Die Zimmerdecke ist so niedrig, dass der Doktor kaum aufrecht stehen kann. Was aber nix macht, da er sowieso ziemlich eingesunken daherkommt. Jetzt hockt er sich auf einen Stuhl und fragt den Alois, was genau passiert ist.

»Ja, was soll schon passiert sein?«, wettert der Alois und hat bereits die nächste Flasche in der Hand. Irgendwie schafft er es, mit dem linken Mundwinkel einen Schluck daraus zu nehmen und sich gleichzeitig im rechten eine neue Kippe anzuzünden. Sofort wie er sein Maul wieder frei hat, geht das Gejammer weiter. Dass er in der Dementine für Pflegestufe drei mehr als zweitausend Euro hätt draufzahlen müssen. Jeden Monat. Das ist passiert. Was aber vollkommen unmöglich ist. Weil die Gertrud nur eine mickrige Rente kriegt, von der landwirtschaftlichen Versorgungskasse. Und was verdient schon ein kleiner Landwirt wie er heutzutag? Ganz bestimmt nicht so viel, dass er zweitausend Euro so nebenher abdrücken könnte. So gesehen war es wohl das Beste, dass sie so friedlich einschlafen durfte, seine liebe Mutter.

Das ist passiert.

»Und so bald.« Meint die Minna.

Und so gelb. Denke ich.

»Eigentlich …«, sagt der Doktor, sitzt vor dem Totenbett und schüttelt seinen Kopf.

»Eigentlich?«, fragt die Minna.

»Eigentlich«, sag ich, »eigentlich geht das hier so nicht.«

»Eigentlich«, regt sich der Alois wieder wahnsinnig auf, »was heißt denn hier eigentlich? Wisst ihr überhaupt, ihr neunmalgscheiten Deppen, wisst ihr überhaupt, was das heißt, wenn man den ganzen Tag die Landwirtschaft umtreiben soll und dann noch so was dazukommt?« Damit klappt der Alois auf der dreckigen Rosshaarmatratze zusammen und fängt das Heulen an. Und erzählt, wie eines Nachts in der Dementine – weil, er konnte ja bloß nachts nach seiner Mutter schauen, wegen der ganzen Landwirtschaft und so jetzt mitten im Sommer –, also, wie eines Nachts in der Dementine ihn die

Nachtschwester angesprochen hat, wie er da so ganz allein neben der Gertrud ihrem Bett gehockt ist und völlig verzweifelt war. Also, diese nette Nachtschwester hätt ihn angesprochen, ganz freundlich und mit komischem Akzent, wahrscheinlich Russland oder so. Es gibt da was, was das Leiden beendet, hätt sie gesagt. Ihrs und seins. So hätt sie sich ausgedrückt, erzählt der Alois, und er hätt nur eins gehört: Leiden beenden tät's. Ihres und seins gleich mit. Erst hat er gemeint, dass das auch das Ende für ihn bedeuten tät, und das hätt er natürlich nicht gewollt. Aber nein, hat die Schwester ihn schnell getröstet, natürlich nur das Ende für die Gertrud. Für der Gertrud ihre Leiden. Und für sein Leiden, das von der Gertrud kommt. Aber das Leben, das geht natürlich weiter. Für ihn. Wenn das alles hier vorbei ist. Und sie sieht ihm doch genau an, wie sehr er unter der Situation leidet. Hat die Nachtschwester gesagt. Die verständnisvolle Nachtschwester.

»Und dann?«

»Ich soll sie nach Hause verlegen lassen, die Gertrud, hat die Schwester gesagt. Unter irgendeinem Vorwand. Nur für ein paar Tage. Für eine Familienfeier, zum Beispiel. Oder so. Weil, in der Dementine wär das zu riskant, das Ganze.«

»Und dann?«

»Hab ich sie nach Hause verlegen lassen. Nur übers Wochenende. Wegen ihrem Hochzeitstag«, sagt der Alois und deutet auf ein vergilbtes Schwarz-Weiß-Bild an der Wand neben dem Ehebett, das seine Eltern zeigt. Als Hochzeitspaar. Damals war die Gertrud richtig schlank. Wann immer das gewesen sein soll.

»Und dann?«

»Kaum, dass sie hier war, kam auch schon ein junger Mann«, erzählt der Alois weiter. Der hätte ihm einen Beutel mit Sondennahrung hingelegt und erklärt, was er damit machen soll. »Ich kann das aber nicht«, hat der Alois zu dem Mann gesagt, also hat der junge Mann sich gegen einen kleinen Aufpreis bereit erklärt, der Gertrud den gesamten Beutelinhalt in diesen Plastikschlauch da reinzuspritzen. Der

Alois zeigt auf einen dünnen Schlauch, der zu Gertruds linkem Nasenloch rauskommt und ziemlich ekelhaft aussieht. Die Magensonde. »Ich bin solang rausgegangen, eine rauchen. Ich kann das nicht mit ansehen, dieses ganze Klinikzeug«, sagt der Alois und trinkt und raucht gleichzeitig.

»Wie viel?«, will die Minna wissen.

»Tausendachthundert«, sagt der Alois und wischt sich mit dem Ärmel übers Maul. »Mein letztes Geld. Jetzt bin ich pleite.«

Der Doktor kramt in der Minna ihrer Notfalltasche rum, holt ein Formular raus und füllt es aus.

»Sie können doch nicht so einfach!«, sage ich empört zum Doktor, während der Alois mindestens genauso empört zurückschaut.

»Der werfe den ersten Stein …«, sagt der Doktor und drückt dem Alois den heiß ersehnten Totenschein in die Hand. »Dass mir das aber nicht noch einmal vorkommt«, ermahnt er den Bauern dann wie einen Klippschüler, den er beim Rauchen erwischt hat.

Der Alois nickt dankbar, und wir gehen endlich runter in die Küche. Dort holt er eine frische Flasche Romanov und ein paar weniger frische Gläser aus dem Schrank, und zusammen kippen wir ein paar Schnäpse, bevor wir endlich heimfahren.

»Keine Sau weiß, wer sich mal um mich kümmert, wenn's so weit ist«, sagt der Doktor im Auto. »Und ich will's auch gar nicht wissen.«

31

Unsere schöne Falle artet langsam, aber sicher in Schwerstarbeit aus. Rund um die Uhr muss jemand bei der Minna im Haus sein und die Stellung halten. Wir Frauen wechseln uns tagsüber ab, nachts ist die Minna mit dem Rudi alleine. Sie unten im Haus, er oben. Heut hat die Minna die Vormittagsschicht in der Praxis absolviert, seit der Mittagszeit ist sie zu Hause. Gegen Abend will sie was kochen für den armen Rudi, der seit drei Tagen in dem Pflegebett verharrt. Da will ich natürlich auch dabei sein. Aber vorher sag ich noch dem Doktor Bescheid, dass jetzt Schluss ist für heut.

Wie ich in sein Sprechzimmer komm, ist da drinnen ein Lärm, dass ich glaub, ich spinn. »Was ist hier denn los, um Himmels willen?«, schrei ich gegen den Krach an. Da tut es einen Knall, dass ich wie angewurzelt stehen bleib und dem Doktor über die Schulter schau. Der hockt an seinem PC und glotzt auf den Bildschirm. Darauf: ein brennendes Flugzeug. »Geht's noch?«, schreie ich wieder in den Lärm.

Der Doktor dreht sich um und schaut mich total entgeistert an. »Da siehst du, was du angerichtet hast, Liesel!«, schimpft er mich an und deutet auf den brennenden Schrotthaufen auf dem Bildschirm.

Aber was das Schimpfen angeht, hat er gegen mich schlechte Karten. »Ja, kreuzkruzifix aber auch! Sind Sie jetzt völlig übergeschnappt auf Ihre alten Tage?«, fahre ich ihn an. »Sie haben doch dieses schöne Jägerspiel, was soll jetzt plötzlich dieser Schrott auf Ihrem Computer?«

Da fällt mein Blick auf einmal auf den Aasgeier. Der hat auf der Untersuchungsliege wohl ein Nickerchen gemacht, ist vom Lärm aufgeschreckt und streckt jetzt seine müden Glieder.

»Das war leer«, sagt der Aasgeier.

»Was war leer?«

»Das. Jägerspiel. War. Leer.«

»Wie, leer?«, will ich wissen.

»Na, leer eben. Ich hab alles leer geschossen«, freut sich der Doktor wie ein kleines Kind. »Kein Stück Wild mehr weit und breit. Hab ich alles erlegt.«

»Und dafür hast du ihm diesen Flugzeugschrott …?« Ich drehe mich zum Aasgeier um und glotze ihn böse an. Aber der zuckt nur mit den Schultern und klappert dazu mit einer großen Zange, die er ungefragt aus einem Instrumentenschrank gezogen hat.

»Mit diesem Ding haben sie dich damals rausgeholt«, fahre ich ihn an. »Und ganz offenbar dabei zu fest zugedrückt. Du kannst einem alten Mann doch keinen solchen Schrott –« Weiter komm ich nicht.

Wieder dröhnt und heult es aus dem PC. Der Doktor hat ein neues Flugzeug gestartet und schwingt sich in die virtuelle Luft. »Wie im Krieg!«, ruft er dazu begeistert.

Ja, verreck!

»War der im Krieg?«, fragt mich der Aasgeier und klingt dabei bewundernd.

»Ja, freilich«, sag ich.

»Wo?«

»Bayern gegen Tirol.«

»Geil! Und wie ist der Krieg ausgegangen?«

»Drei zu null für uns, was glaubst denn du?«, schrei ich gegen den Krach und hau die Tür hinter mir zu, weil ich die Schnauze voll hab. Es scheint, ich bin nur noch von Verrückten umgeben. Jetzt aber nix wie los. Ich muss zur Minna und zum Rudi.

Aber ich komm nicht weit. Im Flur steht schon der nächste Verrückte. Der Alex.

»Hallo, Liesel«, freut er sich, »schön, dass ich dich treff. Ich muss dir unbedingt was Riesiges zeigen.«

»Aber doch nicht hier in der Praxis«, sag ich und schieb ihn raus in den Hof.

»Ja, freilich nicht in der Praxis«, sagt der Alex, »das, was ich dir zeigen will, steht ganz groß auf der Straße.«

Also, ich weiß nicht so recht.

»Schau dir das mal an, Liesel! Was da steht«, sagt der Alex, aber da, wo ich hinschau, steht nix Besonderes. Gar nix steht da. Erst auf den zweiten Blick seh ich hinter dem Alex das riesen Wohnmobil stehen.

Der Alex sperrt es auf, und wir gehen rein. »Gfallt's dir?«, fragt der Alex.

Was wird das jetzt?, frag ich mich. Mein Weihnachtsgeschenk? Mitten im Sommer? »Super!«, sag ich, und das ist nicht mal gelogen. Das Teil ist der pure Luxus. Kein Vergleich zu dem total verratzten Wohnwagen hinter der dreckigen Scheune vom Gaisberghof. Wo sich damals die Dorfjugend zu heimlichen Gelagen und gelegentlichen Schäferstündchen getroffen hat, direkt neben dem appetitlichen Sautrog.

»Das da nennt sich Queensbett«, erklärt mir der Alex, und im selben Moment zieht er mich auch schon auf dieses Riesenbett und entfernt ungefragt meine Kleidung. Und seine auch. Was dann folgt, könnte man in anderen Bundesländern eventuell als sexuelle Belästigung auslegen, aber zum Glück sind wir hier in Bayern, und ich will mich mal nicht beschweren. Wenn ich's grad nur nicht so furchtbar eilig hätt, verdammt.

»Jetzt muss ich aber ganz dringend zur Minna«, sag ich dem Alex hinterher.

»Kein Problem, ich fahr dich«, sagt der Alex und fährt los. In Boxershorts.

Ich will noch protestieren, komm aber nicht dazu, weil ich nix anhab und erst noch meine Klamotten zusammensuchen muss. Oder was davon übrig ist. Den BH kannst komplett vergessen. Die Unterhose im Grunde auch, aber ich zieh sie trotzdem an. Und drüber hatte ich am Tag sowieso bloß diesen halb kurzen Medizinkittel mit Druckknöpfen. Der geht nicht kaputt von ein bisserl dran Rumreißen.

»Was ist denn los bei der Minna?«, will der Alex wissen.

Ich überlege. Das kann ich ihm natürlich unmöglich sagen, dass wir bei der Minna auf einen Serienmörder warten. »Wir warten auf einen Serienmörder«, sag ich dann.

Der Alex lacht. »Läuft heut Abend ein Krimi?«, fragt er.

»Genau«, sag ich. »Und dazu kocht uns die Minna was.«

»Was gibt's denn?«

»Opossumschwanz im Kängurubeutel mit Krokodilstränensoße«, zitiere ich den Menüplan. »Was aus Australien, halt.«

»Mei, da hätt ich jetzt auch eine wahnsinnige Lust drauf«, sagt der Alex und leckt sich die Lippen. »Hinterher hab ich immer einen Bärenhunger. Und diese ewig gleichen bayrischen Schweinsbraten mit Knödeln, ich kann den Fraß nimmer sehen.«

»Da geht's dir grad wie mir«, sag ich, und endlich sind wir da, und ich spring aus dem Wohnmobil, bevor der Alex noch zu einer Abschiedsknutscherei ansetzen kann oder zu sonst was in der Art. In seinen Boxershorts.

32

Ich hab einen Schlüssel für der Minna ihre Haustür. Trotzdem läut ich kurz, dass sie nicht erschrickt, wenn ich plötzlich mitten in ihrem Haus steh. Schon im Flur rieche ich das Essen. Es duftet einfach himmlisch. Ich geh in das Esszimmer, und da sitzen sie schon gemütlich beieinander. Die Minna. Und einer, den ich gar nicht kenn.

»Entschuldigung«, sagt dieser eine. Es ist ein junger Mann. »Wir haben schon einmal ohne Sie angefangen. Eigentlich sind wir sogar bereits so gut wie fertig. Mit dem Essen und auch mit dem geschäftlichen Teil.« Er tupft sich mit einer Serviette den Mund ab. »Ganz vorzüglich, das muss ich schon sagen. Schade, dass Sie zu spät gekommen sind. Ich muss jetzt leider gehen. Wie gesagt, es ist alles bereits erledigt«, sagt der Typ, und die Minna zieht ein säuerliches Gesicht.

»Dann wart ihr auch schon oben?«, frag ich nach und zeige an die Decke.

»Oben? Bei der Patientin? Selbstverständlich nicht«, sagt der Typ und erhebt sich. Wohlerzogen schiebt er seinen Stuhl zurück unter den Tisch und greift nach seinem Rucksack. »Alles Weitere ist ab jetzt Ihre Sache. Ich darf mich nun bitte entschuldigen.«

»Sie wollen uns doch nicht mit diesem Ding hier alleine lassen?«, protestiere ich und deute auf den inzwischen wohlbekannten Beutel, der direkt neben der Schüssel mit restlichem Opossumschwanz auf dem Esstisch liegt und so tut, als ob er kein Wässerchen trüben kann.

»Wie schon gesagt: Für alles Weitere bin ich nicht mehr zuständig«, entgegnet mir der Typ höflich und will sich jetzt ganz offenbar auf und davon machen.

Scheiße, wo steckt bloß der verdammte Rudi? Ist der vielleicht da droben in seinem Pflegebett eingepennt? Wenn der nicht sofort runterkommt, müssen die Minna und ich zusehn, dass wir den Typ nach oben kriegen, sonst läuft der uns noch einfach so davon.

»Ich kann das aber nicht«, fange ich an zu jammern.

»Was können Sie nicht?«, fragt der Mann.

»Dieses Ding da anschließen. Oder spritzen. Oder was man damit macht.«

»Ich dachte, Sie sind vom Fach?« Der Typ schaut mit fragendem Blick auf meinen Medizinkittel. »Dann dürfte das für Sie doch eine Kleinigkeit sein.«

Das ist jetzt schon blöd, so ertappt zu werden. Aber um Ausreden war ich noch nie verlegen. »Eigentlich schon«, jammere ich munter weiter, »aber doch nicht, wenn es sich um eine so direkte und enge Verwandte wie meine Schwiegergroßmutter handelt. Des werden Sie doch verstehen. Und beim Alois haben Sie den Beutel doch auch selbst angeschlossen, kürzlich erst«, fällt es mir wieder ein.

»Bei welchem Alois?«, fragt der Typ verständnislos.

»Also, natürlich nicht direkt beim Alois selbst«, erkläre ich. »Ich meinte, bei der Gertrud.«

»Ich kenne weder einen Alois noch eine Gertrud«, widerspricht der junge Mann mir ganz sachlich. »Das muss jemand anderes von unserer Organisation gewesen sein.«

»Wir täten natürlich auch noch was drauflegen, bittschön«, mache ich einen weiteren Versuch.

Der junge Mann ziert sich. »Das ist nicht mein Stil«, sagt er dann herablassend. »Wenn andere das machen wollen, gern. Ich selbst bin ohnehin vorwiegend und in erster Linie organisatorisch tätig. Es bildet die seltene Ausnahme, dass ich so wie hier und jetzt in direkten Kontakt mit dem Endverbraucher trete.«

Ganz sauber, dieser gestelzte Schnösel da. »Aber Sie kennen jemanden, der das machen tät?«, will ich wissen.

»Das ließe sich vermutlich arrangieren. Aber erst im Laufe der nächsten Tage. Wenn Sie sich so lange noch gedulden können«, stellt der Typ in Aussicht und macht einen weiteren Schritt in Richtung Tür.

»Was ist eigentlich drin?«, will jetzt die Minna wissen und stellt sich ihm in den Weg. »In diesem sauteuren Beutel da?«

Der Typ ist sichtlich genervt von unserer Fragerei. Andererseits scheint er so gut erzogen zu sein, dass er die Fragen von zwei Damen beziehungsweise von zahlender Kundschaft nicht einfach übergehen kann. Seine Erziehung ist unsere einzige Chance, wenn wir denn überhaupt eine haben.

Mit gequältem Gesichtsausdruck macht sich der Mann an eine weitere Erklärung. »Alles. Da ist alles drin. Sozusagen«, sagt er zur Minna.

»Wie, alles?«, will ich jetzt wissen.

»Na, alles, was die Apotheke so hergibt. Die Hausapotheke vom Pflegeheim, genau genommen. In unserem Fall die von der Dementine. Mehrere Mitglieder unserer Organisation arbeiten dort. Sie machen sich ja keine Vorstellung, was für Unmengen an Medikamenten dort jeden Tag an die alten Leutchen ausgeteilt werden. Schmerzmittel, Psychopillen, Blutdrucksenker, Herzmittel, Schlaftabletten und was alles noch. Unsere Mitglieder zweigen von allem etwas ab. Querbeet. Aber immer nur so viel, dass niemand etwas merkt. Und daraus mixen andere Mitglieder einen schönen Cocktail und vermischen das Ganze dann mit der Flüssignahrung. Und es wirkt, wie man sieht. Alles nur eine Frage der Dosierung. Wenn man sich in dem Bereich auskennt.«

»Dann sind Sie also der Chef von der Organisation?«, frage ich bewundernd.

»Chef?«, sagt der Typ nüchtern. »Leider nein. Ich befinde mich momentan auf einer mittleren Organisationsebene, wenn Sie so wollen. Aber selbstverständlich verfolge ich langfristig höhere Ziele.«

»Selbstverständlich«, stimme ich ihm zu. »Und wer ist dann der Chef?«

»Der Boss unserer Organisation ist ein gewisser Markus Salztal. Begründer und Leiter eines neuartigen asozialen Netzwerks nach amerikanischem Vorbild!«, schwärmt unser seltsamer Gast mit vor Begeisterung bebender Stimme. Ganz offensichtlich hat er sein Lieblingsthema gefunden und verliert jetzt jegliches Gefühl für die Situation. Das kennt man ja. Das Lieblingsthema vom Doktor ist die Jagd, bei der Diätlind ist es die Ernährung, bei mir sind es Männer.

»Gravelook. Unser asoziales Netzwerk nennt sich Gravelook«, schwärmt der Typ weiter. »Aber unser Bekanntheitsgrad ist leider noch nicht annähernd mit dem seines großen Vorbilds zu vergleichen«, sagt er nun mit leichtem Bedauern in der Stimme.

»Welches Vorbild?«, muss ich fragen, und auch die Minna hat einen interessierten Gesichtsausdruck aufgesetzt.

»Sie sind wirklich lustig«, macht sich der Typ über mich lustig. »Aber jetzt einmal im Ernst«, sagt er dann im Tonfall eines Generalvikars, »haben Sie sich ganz persönlich schon einmal Gedanken um Ihren weiteren Verbleib in der nahen Zukunft gemacht?«, redet er pastoral daher, während er sich nun an die Minna wendet. »Sie zum Beispiel. Bei Ihnen ist doch klar und deutlich absehbar, dass es so nicht mehr allzu lange weitergeht.«

»Was soll nicht mehr allzu lang weitergehen?«, brummt die Minna ihn an.

»Sie haben doch jetzt schon ein wahrlich biblisches Alter erreicht, gute Frau«, führt der Typ salbungsvoll aus. »In nur wenigen Jahren werden Sie dort oben liegen, in genau dem gleichen Zustand, in dem sich momentan Ihre bemitleidenswerte Frau Mutter befindet.« Seine Hand zeigt jetzt hoch zur Decke, und ich werfe ebenfalls einen bitterbösen Blick nach oben, in Richtung Rudi, der uns diesen ganzen Scheiß hier eingebrockt hat und jetzt wahrscheinlich selig pennt.

»Sie wollen doch später sicherlich niemandem zur Last fallen, oder?«, redet der junge Mann immer weiter. »Und Sie«, sagt er plötzlich in meine Richtung und reißt mich aus den Gedanken, »wenn Sie einmal zum Pflegefall werden, in ein paar Jahren, dann ist das System doch schon längst unter einem Berg von Alten zusammengebrochen. Wenn nichts dagegen geschieht. Maßnahmen wie unsere werden folgerichtig in naher Zukunft zum Standard eines würdigen und sozialverträglichen Frühablebens gehören. Wir stehen erst ganz am Anfang einer neuen Entwicklung. In wenigen Jahren wird Gravelook weltumspannend und natürlich auf dem Boden einer noch zu begründenden legalen und damit gesamtgesellschaftlich akzeptierten Basis operieren. Aber bis es so weit ist, geschieht der Aufbau mehr oder weniger im Verborgenen. Daher kann ich Ihnen derzeit leider noch keine Prospekte überlassen, meine Damen. Aktuell bleibt mir nur der Hinweis auf unsere Homepage, die auf einem Server in Moldawien liegt, aber selbstverständlich in allen gängigen Kultursprachen abrufbar ist. Wenn Sie also gelegentlich da einen Blick drauf werfen möchten«, erklärt der junge Mann ausführlich, reißt dann eine Seite aus der »Apotheken Umschau« und kritzelt etwas drauf. Mit einer großzügigen Geste überreicht er das Stück Papier der Minna. »Bittschön, als Gedächtnisstütze für die Oma!«

»Du Schwein!«, schreit da die Minna los. »Du Schwein, ich will mein Geld zurück!«

Der junge Mann hält sich erschrocken seinen Rucksack vor die Brust und beschützt ihn, indem er die Arme darüberlegt. Dann schaut er Richtung Tür und macht ein paar vorsichtige Schritte. Scheiße. Gleich ist er weg, fort mit der Minna ihrem Geld in seinem Rucksack, und wir haben nichts als diesen blöden Beutel.

»Ich will mein Geld zurück, ich will sofort mein Geld zurück!«, schreit die Minna immer wieder und überhäuft den Typen mit sämtlichen ortsüblichen Flüchen und Schimpfwörtern, die sie kennt. Und das sind so einige.

Haustürgeschäfte, fällt es mir plötzlich ein. Ein Haustürgeschäft kann man innerhalb einer bestimmten Frist widerrufen. Glaub ich mich wenigstens zu erinnern. Einen Versuch wär's wert.

Aber noch bevor ich zu Wort kommen und eine verbraucherfreundliche Lösung anregen kann, dreht die Minna durch. Laut schreiend rennt sie auf den Typen los und drischt mit beiden Fäusten auf seinen Rucksack ein.

Der Mann weicht mit ein paar Schritten zurück, die Minna rennt ihm hinterher und knüppelt auf ihn ein, was das Zeug hält. So geht das ein paar Meter weit, er weicht zurück, sie ihm hinterher, dann dreht sich der Typ mit einer leichten tänzerischen Wendung von der prügelnden Minna weg, sodass diese das Gleichgewicht verliert und es sie voll nach vorn auf ihre Nase haut. Regungslos bleibt sie auf dem Boden liegen. Himmelsakrament! Wenn der Typ uns jetzt so einfach abhaut, war alles umsonst. Liesel, ermahn ich mich, jetzt bist du dran!

Der Typ schiebt sich langsam Richtung Haustür, Rucksack voraus. Ich stell mich ihm in den Fluchtweg und geb ihm ein paar Watschen, links und rechts, aber er versteckt sich dauernd hinter diesem blöden Rucksack, sodass ich nicht richtig an seine Fresse rankomm. Und wie ich grad wieder aushol, drückt er das bedrohlich glitzernde The-North-Face-Etikett an seinem Rucksack in mein zartes bayrisches Antlitz, dass mich die Abstoßungsreaktion nur so nach hinten umhaut. Wie eine tote Schildkröte lieg ich auf dem Rücken direkt vor der Tür. Jetzt hast du nur noch die Waffen einer Frau, Liesel, denk ich mir. Und beschließe, diese hemmungslos einzusetzen. Darin hab ich Übung.

Der Typ kommt einen Schritt näher und will um mich rum, zur Tür hinaus. Er macht einen Schritt über mich drüber, und wie er nah genug an mir dran ist, reiß ich die Knöpfe von meinem Kittel auf, zieh blitzschnell das rechte Bein an, wodurch der bisher noch zusammenhängende Rest meiner Unterhose auseinanderreißt, und tret ihm in diesem Moment der freudigen Überraschung mit dem Absatz dermaßen ins Gemächt, dass er zusammenklappt wie ein Schweizer Taschenmesser. Dann rappel ich mich auf, renn zum Haus raus und schrei laut um Hilfe. Und renn genau dem Rudi und dem Alex in die Arme.

»Wie siehst du denn aus?«, gaffen die zwei mich an.

»Wie seht ihr denn aus?«, schrei ich zurück, dann rennen wir alle ins Haus.

Der Alex schnappt sich den Typen und legt ihm Handschellen an, und der Rudi kümmert sich derweil um die Minna, der es sehr schnell wieder besser geht, als wir die Scheine aus dem Rucksack vor ihr ausbreiten. Dann treffen auch schon bald die Kollegen vom Alex ein und nehmen den Typen mit.

Auf den Schreck hin stellt die Minna das kalt gewordene Essen noch mal auf den Herd, und ich will jetzt wissen, wo der Rudi eigentlich die ganze Zeit über war und warum die beiden Herren eigentlich aussehen müssen wie die Schweine.

»Warum müsst ihr eigentlich aussehen wie die Schweine?«, frag ich sie.

»Wir haben uns geprügelt. Und sind im Misthaufen gelandet«, erzählt der Rudi. Und dass er gegen vier nur mal ganz kurz nach Hause gefahren ist, mit seinem Bobbycar. Das ist so ein kleines Moped mit vier Rädern, was eben aussieht wie ein Bobbycar für kindische Mannsbilder. Nach Hause gefahren ist er, weil er daheim den Tank von seiner Elektrozigarette nachfüllen wollte. Und dass er auf dem Rückweg direkt vor der Minna ihrem Haus dem Alex vors Wohnmobil gefahren ist, das erzählt er auch. Nackt. Also, der Alex saß erkennbar nackt am Steuer, und da hat der Rudi eins und eins zusammengezählt und den Alex zur Rede gestellt. Von Mann zu Mann. Sprich, er hat den Alex mit Gewalt aus dem Wohnmobil gezerrt. Dann haben sie sich eine Zeit lang geprügelt und sind dabei im Misthaufen vom Nachbarhof gelandet. Anschließend sind sie zusammen eine Weile in dem Wohnmobil gehockt und haben Bier getrunken, bis der Kühlschrank leer war. Erst dann ist dem Rudi wieder eingefallen, was eigentlich seine Aufgabe war. Schnell sind beide los zur Minna, aber dann bin ich ihnen direkt in die Arme gerannt. Diese Vollpfosten. Auf Männer ist halt kein Verlass.

33

Heut Abend sind wir alle in den »Vogelwirt« eingeladen. Von der Minna. Unglaublich! Allem Geiz zum Trotz will sie eine Runde schmeißen. Für die Ergreifung des Giftmischers war nämlich eine ansehnliche Belohnung ausgesetzt, die sich die Minna weiß Gott redlich verdient hat – und wir natürlich auch.

Ich hab darauf bestanden, dass die lieben Kinder mitkommen dürfen zum »Vogelwirt«, und so stehen wir jetzt alle an der Diätlind ihrem Zaun und warten auf den Alex, derweil wir dem Weichmaus seine Ausgrabung bewundern. Das Loch für den Teich und der Graben für den Bach sind fertig. Aber das Wasser da drin will ums Verrecken nicht bleiben, wo es hingehört. Kaum eingefüllt, versickert es im Boden.

»Wie blöd kann man eigentlich sein?«, fragt der Rudi den Weichmaus. »Ohne eine Teichfolie kannst du da zehn Hektoliter reinschütten, und morgen ist alles wieder weg.«

»Teichfolie?«, fragt der Weichmaus ungläubig und glotzt durch seine dicke Brille.

»Ja, verdammt noch mal. Logisch, Teichfolie. Oder red ich jetzt schon Schwäbisch?«

»Aber das wär ja Plastik!«, empört sich der Weichmaus kopfschüttelnd.

»Wie blöd kann man eigentlich sein?«, fragt jetzt auch der Doktor die Diätlind. »Bachblüten wachsen nicht am Bach, die heißen bloß so nach dem Kollegen Dr. Bach.«

Jetzt guckt die Diätlind noch eine Spur trottelhafter als normal. Sie tut mir leid, also versuch ich, sie etwas aufzumuntern. »Morgen machen die Landfrauen eine Krötenwanderung«, sag ich zu ihr. »Geh doch mit. Frische Luft schafft einen klaren Kopf.«

Sie schweigt.

Endlich kommt der Alex mit seinem Streifenwagen an. Die Kinder, der Doktor und ich steigen ein, die Minna hockt sich hinter den Rudi auf das Bobbycar, und mit Blaulicht und Sirene geht es ab nach Vogeltann.

Der Ort hat auch schon mal bessere Zeiten gesehen, denk ich mir, als wir mit lautem Tatü durch die Hauptstraße jagen. Eine ehemalige Dorfkneipe beherbergt jetzt den »Asia-Grill wenn nicht jetzt wan tan.« Ein paar alte Häuser weiter haben zugezogene esoterische Spinner ein »Zentrum für spirituelles Wachsen« installiert. Was die Dorfjugend nur dazu inspiriert, das a regelmäßig in ein i umzupinseln. Nur der »Vogelwirt« liegt noch immer so idyllisch wie eh und je am Dorfesrand, und in seinem riesengroßen Biergarten ist der schönste Tisch unter der mächtigsten Kastanie nur für uns reserviert. Wir bestellen Schweinshaxen und Rinderbraten und natürlich Schlachtplatte, weil heut doch Schlachttag ist. Und Bier natürlich, was das Fass hergibt.

Der Alex sitzt ganz eng neben mir und hat seine Hand unter mein Dirndl geschoben, das ich zur Feier des Tages aus dem Schrank gezogen hab. Mittlerweile befassen sich das Bundeskriminalamt und sogar Interpol mit dem Fall, erzählt er mir. Die haben herausgefunden, dass das asoziale Netzwerk Gravelook mit seiner sauberen Truppe allein im Allgäu schon mindestens vierzig Opfer auf dem Gewissen hat. Europaweit geht die Zahl in die Hunderte. Mindestens. In letzter Zeit hat sich die Organisation zunehmend auf ländliche Gebiete spezialisiert, in denen es von naiven alten Ärzten und vollkommen unbedarftem Hilfspersonal nur so wimmelt. Eins der Opfer ist der Bollinger Paul. Dem hat seine Tochter Hilde den Cocktail ins Nachtessen gekippt, und keiner hat's gemerkt. Wird jedenfalls vermutet. Aber nix Genaues weiß man nicht. Sagt der Alex mit einem vorwurfsvollen Blick.

Von Berlin aus arbeiten führende Gravelook-Manager bereits intensiv an der Weiterentwicklung ihrer Methoden. Sogar vom geplanten Einsatz falscher Ärzte und gefälschter Totenscheine ist die Rede. Insgesamt von wesentlich verfeinerten Methoden. Sagt der Alex, während er seine Hand noch etwas höher unter meinen Rock schiebt und der Rudi ihm einen bösen Blick zuwirft. Für einen kurzen Moment setzt sich der Alex ganz aufrecht hin und nimmt die Hände auf den Tisch. Der Gründer des Netzwerks, der sich Markus Salztal nennt, operiert von Osteuropa aus und war bislang nicht zu fassen, berichtet der Alex in die Runde, was aber niemanden besonders interessiert. Nur der Doktor meint, dass das alles erst der Anfang war und er sich gut vorstellen kann, dass das noch ganz andere Dimensionen annehmen wird. Wenn keiner mehr weiß, wohin mit all den Alten. Und dass er auch keine Ahnung hat, wie alles weitergehen soll, insgesamt mit der Weltgeschichte, also, so ganz allgemein. Und speziell mit ihm schon gar nicht.

Am Nebentisch hocken ein paar Schwaben, eine Familie mit zwei Kindern. Die warten noch auf den Vogelwirt. Solang spielen die zwei Buben am Rand vom Biergarten und bauen Steinmännchen. Auch so ein neumodischer Kram. Wo die Schwaben hinkommen, müssen sie die Gegend verschandeln. Und seit ein paar Jahren zunehmend mit diesen Steinmännchen. Dazu legen sie im Gebirge so viele flache Steine übereinander, wie bloß irgendwie geht. Manche Schwaben klauen die Steine sogar. Ganze Rucksäcke voll schmuggeln sie über die bayrische Grenze raus nach Württemberg. Wo sie die Steine dann zu mannshohen Türmen zusammenkleben, damit der Nachbar beeindruckt ist und denkt, dieser Oberschwabe nebendran hätte einen Riesensteinmannturm gebaut. Oder sie verkaufen die zusammengeklebten Türmchen nach Sachsen.

Die beiden Schwabenkinder da drüben versuchen jedenfalls, die Türme noch auf die ehrliche Art zu bauen. Was nicht viel Erfolg zeigt. Nach vier oder fünf Steinen fällt der Turm immer wieder in sich zusammen. Einer der Burschen heult und rennt zu seiner Mutter. Typisch schwäbische Phimose. Bei den Eltern steht jetzt grad der Vogelwirt und nimmt die Bestellung auf. »Für Sie speziell hätt ich einen astreinen

Drackensteiner Hang, Fiesling, Nordlage«, empfiehlt er dem Paar mit Kennermiene.

Der Vater kriegt ganz glasige Augen und nickt zustimmend.

»Kein Alkohol!«, ruft ihn die Mutter zur Räson. »Wir nehmen eine Flasche Wasser. Und dazu vier Gläser.«

»Und zum Essen, bittschön?«

»Einmal Schlachtplatte vegan«, sagt die Mutter mit dem Gesicht zu ihrem Schreihals, »mit viermal Besteck.« Dann wendet sie sich ihrem zweiten kleinen schwäbischen Brüllaffen zu.

Der Vogelwirt tippt sich mit der Speisekarte an die Stirn und verschwindet im Lokal.

Keine drei Minuten später ist er wieder da. Im Schlepptau hat er die Äfa, die er mit offenen Armen zurückgenommen hat. »Viermal Schlachtplatte, bitte sehr. Ich wünsche einen guten –«

»Was ist das?«, kreischt ihm die Schwabenmutter dazwischen.

»Na, das, was Sie bestellt haben. Viermal Schlachtplatte«, sagt der Vogelwirt.

»Ist das etwa Fleisch?«, fragt die Mutter schrill.

»Ja, freilich, gute Frau. Nix als wie frisches Fleisch. Die Wurst ist noch ganz blutig.« Der Vogelwirt presst zum Beweis seinen Daumen in die Blutwurst, dass es nur so trieft.

»Ekelhaft«, sagt die Mutter mit verschränkten Armen. »Das können wir ganz unmöglich essen. Wo wir doch Veganer sind.«

»Entschuldigung«, sagt da der Vogelwirt, »aber ich hab gedacht, Sie sind aus Schwaben?«

»Wir sind schwäbische Veganer!«, keift die Mutter zurück, und der Vogelwirt poltert los, dass das doch wohl der Gipfel wär. Schwabe allein tät schon vollkommen reichen, da braucht's weiß Gott nicht noch einen weiteren Migrationshintergrund dazu, Herrgott noch mal!

Jetzt wird mir das echt zu blöd. Ich dreh mich zu der

Mutter hin und sage: »Bei uns in Bayern wird kein Essen verschwendet, dass ihr des bloß wisst! Erst bestellen für vier und dann nix fressen wollen, das läuft hier nicht.«

Die Mutter schaut mich vollkommen verblödet an.

»Diese Sau darf nicht umsonst gestorben sein«, sage ich jetzt, schon ziemlich laut, und lege ihr die Fleischgabel an den Hals. Ganz sanft.

Der Vater nickt mir zustimmend zu und starrt gierig auf die Schlachtplatten. Die Buben ebenso. Aber trauen tun sie sich nicht. Wahrscheinlich werden sie allesamt verhauen, wenn sie nicht spuren. Auch ein neuer Trend, dass Frauen ihre Männer schlagen. Merkt man übrigens auch schon in unserer Praxis. Ich überlege, ob diese Gewaltwelle wohl auch aus Schwaben kommt. Könnte durchaus sein, so wie die Mutter dreinschaut. Noch immer sitzt sie völlig verstockt da und gibt keinen Millimeter nach.

Zum Glück kommt mir der Alex jetzt zu Hilfe. Spontan zieht er seine Dienstwaffe und schwenkt sie vor der versammelten Schwabensippe hin und her. »Essen!«, sagt er mit Nachdruck und macht ein Terminator-Gesicht. Das Gesicht steht ihm ausgezeichnet. Und es zeigt Wirkung. Sogar bei den Schwaben.

Und die Schwaben essen. Ach, was sag ich. Fressen tun die Schwaben, jedenfalls die männlichen Familienmitglieder, als ob sie völlig ausgehungert sind. Schließlich langt auch die Mutter zu, etwas verhalten zwar, aber immerhin.

»Bevor ich mich erschießen lass«, schmatzt sie mit vollem Mund, schaut in die Mündung der Pistole und schiebt gleich noch eine Blutwurst hinterher.

Dem Vater bestellen wir ein Bier, für die Buben gibt's Radler, und die Mutter trinkt noch einen Schoppen Drackensteiner Hang oder zwei, und dann trinken der Vater und die Buben noch ein Bier und noch ein Bier. Es wird ein richtig zünftiger bayrischer Abend, ganz im Sinne der Völkerverständigung. Die Minna ist am Ende so betrunken, dass sie sogar die Rechnung für die Schwabensippe übernimmt.

Wie wir spät nach Mitternacht aufbrechen, ist es stockfinster, aber trotz der Dunkelheit schafft es der Alex, zwei saubere Löcher über das O vom »Vogelwirt« zu schießen. Alle stehen wir drum herum, verfolgen das kleine Schützenfest und applaudieren. Sogar der Vogelwirt applaudiert.

So ist am Ende alles wieder panettoni und in schönster bayrischer Ordnung.